SATISFAÇÃO

Tradução
Sérgio Lamarão

Preparação e revisão
Priscila Calado

Capa e projeto gráfico
BR75 | Raquel Soares

Diagramação
BR75 | Abreu's System

Produção editorial
BR75 | Clarisse Cintra e Silvia Rebello

Dados Internacionais de Catalogação na Publicação (CIP)
(Câmara Brasileira do Livro, SP, Brasil)

Bouraoui, Nina
Satisfação / Nina Bouraoui ; tradução Sérgio Lamarão.
-- 1. ed. -- Rio de Janeiro : Editora Paris de Histórias, 2022.

Título original: Satisfaction
ISBN 978-65-996025-5-9

1. Romance francês I. Título.

22-132317 CDD-843

Índices para catálogo sistemático:
1. Romances : Literatura francesa 843

Aline Graziele Benitez - Bibliotecária - CRB-1/3129

SATISFAÇÃO

Nina
Bouraoui

SA
TIS
FA
ÇÃO

Paris de Histórias
editora

OS SETE CADERNOS DE MADAME AKLI

(Argel, 1977-1978)

1

O ar está tão quente, tão denso, que parece estar presente nas imagens da minha polaroide.

Um halo envolve os corpos daqueles que fotografo: Erwan, meu filho, sua magreza de corça diante da força viril que a substituirá, seus cabelos cacheados, seus olhos negros, seu rosto em que não me reconheço e que encontro nos traços do pai, Brahim. Ambos olham para a direita. Fogem da objetiva. Escapam de mim, absortos pelo segundo plano: o mar para Erwan, quando estou na praia; a rua para Brahim, quando o fotografo do nosso jardim.

Eles me abandonam e se encontram em um espaço imaginário e reservado aos homens.

Compus o jardim com as lembranças dos atlas geográficos da minha infância. Os mapas dos oceanos eram separados por pôsteres de jardins exóticos que eu colecionava. Sonhava com uma terra diferente da França, terra onde nasci, onde cresci e onde não irei envelhecer.

Cheguei à Argélia em 1962, após a Independência, acompanhando Brahim, com quem acabara de me casar. A Argélia tornou-se o meu país. Um dia será meu túmulo; aos trinta e oito anos, já é o país da minha juventude.

Eu me enganei de vida. Não quero acreditar nisso, mas escrevo, o que está escrito fica meio posto de lado. Há uma ilusão das palavras, da linguagem que consegue reparar, ou, quando não o faz, consegue transformar a realidade, consolando-nos de nossas derrotas. Estou à espera de um acontecimento cuja natureza ignoro. Se fosse sincera, diria que estou esperando alguém.

Amo Brahim, mas já não o amo mais como no primeiro dia, quando o sentimento do amor carrega tudo para dentro e para fora de si, invadindo o lugar atravessado, invertendo o ruído em silêncio, o hábito em festa, a provação em comunhão. Não sinto mais a integridade do nosso vínculo. Tenho vergonha de escrever isso, o que justifica a existência deste caderno. A vergonha tem um lugar aqui que jamais deve abandonar.

Minhas flores preferidas são as aves-do-paraíso. Por trás das cortinas da janela do nosso quarto, elas parecem crianças inclinando a cabeça para orar ou para receber punição. Depois delas há algumas suculentas, palmeiras, cascas fibrosas que se transformam em cipós, troncos resinosos, jasmins e glicínias, mimosas, cachos de carne em minhas mãos. A natureza é de uma beleza triste, não se pode admirá-la sem chorar, não se pode escalá-la sem cair. Dizem que ainda há sangue na terra e que será preciso uma outra revolução para purificá-la. Eu acredito nas voltas da História, no eterno retorno da loucura dos homens.

Estou com um mau pressentimento, vai acontecer alguma coisa, não sei se essa coisa vai vir de fora ou se vou inventá-la, gerá-la, extraí-la de mim para que infecte quem está ao meu redor. A infelicidade surge das cenas e dos quadros em que eu me represento. À noite, vejo nossos três corpos pendurados nos galhos do carvalho. Tenho medo por meu filho. Não tenho mais medo por Brahim. Minha paixão mudou de lugar.

Meu desejo permanece porque não se conecta à nossa relação. Ele se dirige para o corpo de Brahim como poderia se dirigir para qualquer outro corpo, tão grande é a necessidade que eu tenho de me livrar dele. Meu desejo me ultrapassa, governa-me, deixa-me melancólica quando meu gozo é menor do que eu esperava.

Um cheiro de fumaça sobe de Argel até o bairro de Hydra, onde moramos. Cinzas recobrem as carrocerias dos carros. O fogo cai do céu. A montanha queima, uma serpente vermelha ondula sobre os picos de Chréa, basta um único fragmento para incendiar árvores, musgos, samambaias. O cheiro de fumaça se mistura com o do petróleo que os cargueiros transportam para a Europa. Sou um ponto no continente africano, sozinha entre os meus. Os corpos não estão mais nem um pouco comprometidos na paisagem que os contém e os ameaça.

Quando os franceses deixaram a Argélia de navio depois da guerra, eu cheguei, pelo ar, de Caravelle. Eu deveria, um dia, livrar-me do meu orgulho, da minha traição. Meu ser se diluía em outros seres que não teriam o meu destino, apesar da nossa terra que eu descobria e que eles abandonavam sem poder guardar uma parte dela que poderia ter sido transformada, crescer sob um outro céu. O céu é único, insubstituível para quem o adora. A adoração é a de um campo, de uma floresta, de um riacho, de um rochedo, a partir do qual nos acostumamos a mergulhar, acreditando estar nos medindo com o universo.

Aqueles que partiam eram argelinos e não franceses, nenhum Estado os reconheceria. Eu zombava do sofrimento deles. A política é fonte de divisão. Obcecada por uma causa que me ultrapassava, eu ignorava que a liberdade não era natural; roubada, ela deve ser reaprendida. Eu ficava ao lado de Brahim, da sua família, do seu povo que eu abraçava, como acontece quando beijo a barriga do meu homem para me tranquilizar quando me sinto órfã do meu passado. A pele é o lugar daqueles que não têm mais apego.

Estes "franceses" da Argélia são prisioneiros da nostalgia. A memória é cruel, consultada para reavivar o que está apagado, ela se esvai com os anos, conduzindo para casas, para caminhos que não existiram, aquele que implora uma pista do que aconteceu. Eles recebem a punição da lembrança, enquanto eu receberia a punição do começo. A violência não desaparece: como águas-vivas, ela mantém seus tentáculos. Tornei-me um colono da segunda geração. Aqui não serei amada.

Fico em casa com Erwan durante os incêndios. A rota das praias é bordejada de juncos. Os pântanos secam assim que são invadidos pelas tempestades, temo a armadilha do fogo e de não sermos capazes de escapar dela. É preciso esperar. Os incêndios chegarão ao fim quando não houver mais nada para consumir e quando as pedras se tornarem mais fortes do que as chamas.

Brahim parte cedo para sua fábrica de papel, herança familiar que ele prometeu manter em memória de seus pais, e que fica a alguns quilômetros de Argel. Quando ouço o ruído do motor do seu carro em marcha e a porta bater, pergunto-me o que seria de nós se ele não voltasse, se eu tivesse a coragem de deixar nosso lugar, de refazer minha vida. Duvido. Os anos colocam-nos em prisão domiciliar.

O calor deslocou a marcha do tempo, os segundos tornam-se minutos, os minutos tornam-se horas. Cada gesto é um embaraço, fragmentado em uma infinidade de gestos invisíveis. Erwan não consegue se distrair com nenhum jogo, nem com as cartas nem com os dados, nem com o seu autorama do qual quer se desfazer por considerá-lo ultrapassado para sua idade, ele que acaba de completar dez anos. Peço-lhe para se ocupar das tainhas, das escamas, da farinha, tarefa que gosta de fazer, mas ele se recusa. O cheiro de sangue o repugna. Deixamos os peixes no gelo.

A casa é o recinto de uma caça ao tesouro, onde nós encontramos a sombra e o frescor. Estou concentrada no meu caderno. Erwan atravessa a sala para chegar ao seu quarto, deixa o quarto e vai para a garagem com suas ferramentas, para consertar um ventilador guardado junto com o que eu não consigo jogar fora — cartões de felicitações, cartas dos meus pais, do meu irmão, contas, desenhos dos primeiros anos de escola, toca-discos, objetos de um início de vida que eu conservo para não deixar morrer os meus, a primeira infância do meu filho, a esperança de dançar com Brahim como no início da nossa história.

Quando o sol está a pino, o jardim é uma estufa que poderia nos engolir e devorar nossos corpos, como se as flores mais delicadas, lilases, alfenas e as que cresceram sem nome, ervas daninhas, botões dourados, aveludados, brotos ásperos, tivessem crescido sob a influência do calor.

Erwan de short azul, peito nu. A cada dia descubro um novo músculo, assistindo a sua evolução, imaginando o jovem que se tornará. Sua força concentra-se nos ombros e na barriga, contrastando com as coxas e os braços muito finos.

Crescimento irregular que não teria "tratado" do mesmo modo as diferentes partes do corpo, iniciando seu trabalho pelas zonas da potência e do desejo. A beleza do meu filho me comove, percebo sua virilidade à espera, transmitida por Brahim, envolvida por uma fragilidade, herança da minha natureza feminina guardada, se associarmos fragilidade à feminilidade, o que é um erro.

Nós nos molhamos com a mangueira do jardim, um balde, balões cheios de água. Encharcados, abraçamo-nos como se fôssemos os sobreviventes de um acontecimento que teria arrasado as casas, os prédios, a cidade, dando-nos a chance de sobreviver e o azar de contemplar o desastre.

Brahim não é mais o pai nem o marido, mas o trabalhador fora dos nossos muros, atarefado com a sua fábrica, e que nos obriga, pela primeira vez, a um verão argelino.

Normalmente deixamos Argel nas férias grandes. Vamos a Paris para ver meu irmão e depois vou com Erwan para a casa dos meus pais à beira-mar, em Brest, antes de me reunir a Brahim em alguma cidade europeia da nossa escolha. Logo sinto falta do meu filho, a obsessão pela Argélia me toma conta novamente como se os dois estivessem ligados e garantissem meu equilíbrio. No verão passado, em Viena, a cidade se fechava sobre mim. Torno-me pedra e fachada, pedaço de céu e pedaço de noite, sugada pelos edifícios e pelos monumentos, pelas águas sombrias do Danúbio, pelo campo, pelos salgueiros chorões, sob os quais nos deitávamos, evitando de nos dar as mãos, de nos abraçar. Havíamos nos tornado estranhos.

Nosso verão se organiza entre a casa e as praias da cidade de Staoueli, que fica nas proximidades. Se acontecesse um acidente, Brahim poderia nos encontrar sem demora. Vivemos nesta eventualidade.

Sou uma exilada na alma. Não fui expulsa do meu país francês, nem perseguida. Sinto-me fora de algo que não existe ou que não existe mais, desaparecido, evaporado, mas que percebo e represento para mim mesma como um círculo, o das minhas lembranças e dos meus sonhos de juventude. Seria mais correto nomear este exílio de "o abandono das esperanças", se é que existe um exílio de si.

O céu está tomado pelo fogo que pode descer para as aldeias e contaminar todo o país. Os *uádis*[1], as encostas, as ravinas e o mar nos protegerão, mesmo estando Hydra acima do porto, dos balneários abandonados pelos colonos, cujas infraestruturas foram mantidas, mas não conservadas. Por ódio do passado, permitiu-se que o tempo operasse sua obra de demolição.

Do telhado, a visão dos jardins, das casas dos vizinhos que cumprimento por educação. Não consegui fazer amizade desde quando nos mudamos para o bairro. As famílias argelinas ficam juntas. Os casais mistos são mal vistos. Os homens argelinos são suspeitos de espionagem, de traição, e suas mulheres ocidentais têm má reputação. Uma lenda fazia delas objetos sexuais. As famílias francesas não se misturam. Sob contrato de cooperação, pretendem morar em uma área especial da metrópole, da qual sairão sem tê-la visitado. A descolonização, que eu comparo a um declínio, à água se retirando daquilo que danificou, é um processo cujas etapas devem ser seguidas para não se ter que recomeçar. Nossos poucos amigos são originalmente os de Brahim.

Acima das melhores árvores do jardim, as figueiras, as nespereiras, a palmeira de Bou Saada. Empoleirados no telhado, nos sentimos como reis, ao mesmo tempo que somos tomados pela brutalidade do clima. Quando Brahim volta, tenho de me acostumar novamente a ele, logo perco o hábito da sua voz, da sua pele. Erwan corre para o pai, agarra sua cintura, suas mãos, seus ombros, provocando um sentimento de ciúme e dúvida. Tenho medo que seus dias passados comigo lhe pareçam tediosos. Argel não é uma cidade para as crianças.

As mãos de Brahim em meus quadris, sua camisa molhada de suor, sua barba contra minha pele, seu cabelo grosso, seu nariz aquilino, o que me revela estar casada com um estrangeiro e me orgulho disso como se enfrentasse o perigo, o que é um pensamento racista.

---

[1] *Uádis* são leitos secos de rios nos quais as águas só correm durante a estação das chuvas. (N. do T.)

Será que ele pensa em mim como a francesa que ele teria roubado da sua família — o troféu? Ou o amor apaga os limites geográficos, as ambições, o desejo de vingança e só é, só existe porque tem de ser e existir, inscrito no destino daqueles que se encontraram?

A noite abre as linhas de um país que eu prefiro ao país do dia. O álcool me tira da ansiedade. Desde o primeiro copo, um lago se forma dentro de mim, um lago como o que existe no Canadá, repousante, cercado por uma floresta de bordos. O lago torna-se eu e logo maior do que eu, maior que o calor, maior que a cidade de Argel, maior que tudo. Sei controlar minha embriaguez, eu a conheço, ela é leve, só tiro o melhor dela. Meus gestos são delicados, construo o desejo, um castelo de areia que vai se desmoronar com a primeira onda. Seu efeito atenuado, sei que vou me deparar com meu desconforto, minhas fraturas.

Em nossos beijos, o gosto da melancia, do melão amarelo, das frutas do jardim. Em nossas bocas, nossos lábios, nossas línguas, a abundância do açúcar.

Brahim sentado na escada do terraço, Erwan acende as lanternas. Não sei se Brahim está fingindo, se é para mim que ele olha quando colho flores para fazer um buquê, se ele entendeu que o álcool me aproxima dele e se, com seu copo de uísque, ele inventa uma vida maior, uma mulher mais feliz. Eu me culpo por não ser como antes, mas antes de quê? Nem sempre fui assombrada por essa melancolia que nenhum país, nenhuma viagem, nenhuma fuga pode curar, cuidar. Essa melancolia terá me levado para a Argélia, onde o passado convive com o presente, penso nos vestígios romanos que a pontilham, nas ruínas que selam o destino dos homens. A terra os espera, os levará de volta.

Temos medo que o vento do sul atice as chamas, espalhe as brasas no sopé da montanha, arrasando as aldeias isoladas como durante a guerra — localidades devastadas pelos soldados em busca de guerrilheiros. Esta natureza é trágica, voltada à destruição. Meu desejo está ligado ao fogo. Seu objeto não é o corpo de Brahim, mas um corpo que passaria por seu corpo. Brahim é o suporte de um outro, seu duplo. Meus sentimentos estão em preparação, em ensaio (como no teatro), eu interpreto o amor antes de vivê-lo, ocupá-lo; o amor é um espaço que deixei, que tenho de reencontrar, que aflora com Erwan, mas este amor materno não substitui o amor carnal. Esses dois amores são distintos, paralelos.

A noite é iluminada por dentro pelas chamas. Erwan corre no jardim e canta *Upside down*, refrão do disco no toca-discos e que resume meu estado de espírito, mesmo que a canção evoque o incômodo, a atração e os transtornos que ela comete. Passo por altos e baixos, sem me deter nem no topo do cume nem na raiz das coisas que me assustam.

Brahim, seus ombros, o modo de olhar o filho, de fumar seu cigarro, sua nuca, suas coxas fortes, a calça bege, os pés descalços nos mocassins, sua elegância e a paciência de um homem que não me censura em nada, que pede tão pouco.

Espremer os limões, as laranjas, como espremo minha frustração. Os anos passam, eu os vejo passar. Continuo no meu papel de mãe, de esposa. Atravesso as estações estática quando os pássaros migram para o sul do continente. Gostaria de trabalhar, tenho formação de professora, mas me recuso a fazer parte da escola de Erwan e a exercer alguma autoridade sobre meu filho, a da professora que ensina, educa, enquanto exerço a de mãe. Haveria uma tomada de poder, de um espaço para outro, da escola para a casa, uma saturação. Tenho medo de envergonhar Erwan.

Neste caderno posso escrever que não gosto de mim. Não evoco a beleza, não me acho feia, a feiura não existe, sempre há algo para se tirar de um rosto, de um corpo. Tenho orgulho do meu, ele é fino, esguio. O que quero dizer com "eu não gosto de mim" é que "eu não me conheço". Não descobri a minha feminilidade, apesar da minha sexualidade, do meu parto, que as mulheres comparam a uma revelação. Não experimentei nada disso, a não ser a sensação de ser um corpo-máquina, que se liberta de um grilhão, isso não me impediu de amar meu filho com um amor ciumento, exclusivo, sofri por ele, ele volta para mim, ele me pertence.

Meu desejo é uma força. Os homens ficam obcecados por esta libertação. Faço Brahim gozar e depois gozo com o seu gozo, não o contrário.

Quando me olho no espelho percebo a possibilidade da minha feminilidade, bastaria me maquiar, mudar de penteado, de roupas, para revelá-la. Os homens da rua me obrigam a ser discreta, minhas blusas, minhas calças, minhas saias longas não provocam a luxúria. Me esforço para Brahim quando ele volta de viagem. Eu o recebo arrumada, como se o esperasse, como se sentisse sua falta, o que acontece cada vez menos, sinto-me tranquila quando estou sozinha com Erwan; me esforço quando recebemos nossos amigos, seus colegas de trabalho, encontrando uma pele que não conheço e que só pede para reinar. É preciso tempo para se aprender, para se reconhecer. Cresci ao lado de um irmão, ainda estou crescendo ao lado de um filho, de um marido, em Argel, capital viril. Falta uma mulher ao meu lado.

Brahim diz amar minha beleza discreta, cujo brilho ele capta quando seu rosto se inclina sobre meu rosto, quando seu corpo recobre meu corpo, minha mente me leva para um outro quadro, para outros jogos, servindo-me de sua carne. Minha culpa apesar da minha fidelidade. É possível amar sem amor? Procuro uma moldura para nossa sensualidade, nosso quarto é tão estreito quanto o quarto do meu coração, tenho tanto a conhecer, tanto a dar.

Eu me pergunto o que Brahim pensaria de mim se lesse meu caderno. Ficaria triste ao perceber o meu sofrimento no coração deste país que chamávamos de Eldorado Estrelado. Ele não ficaria surpreso com a minha dependência das palavras. "As mulheres têm necessidade de se contar histórias". Ele não se reconheceria ali. Eu teria preferido inventar tudo.

Na escada do terraço da nossa casa, junto a Brahim, que passa o braço em volta dos meus ombros, somos dois e me sinto uma, levada pela minha imaginação para fora do jardim, na rua, não na direção da cidade, do porto, mas na direção oposta, para cima. Eu subo, de olhos fechados, sob uma chuva de cinzas. No final da minha subida, há este edifício maciço, moderno, construído em arco circular que contrasta com as residências habituais, casinhas brancas com limoeiros, laranjeiras, glicínias, buganvílias que caem sobre os muros, línguas malvas, rosas, vermelhas.

O prédio resiste à natureza que está afastada dos seus pilotis, das suas varandas, das suas duas fachadas, uma das quais é perfurada por fendas. O Edifício Shell atravessa o céu e todo ele foi construído para nos governar. É magnético, atrai-me, mas só um louco viveria lá, moraria lá.

O vinho, a leveza do corpo, o hálito, a respiração de Brahim, Erwan desaparece no jardim sentando embaixo da palmeira, ele se torna um elemento do cenário, um vegetal, sua carne enxertada na terra, nos galhos, ele nos observa. Pelo olhar do meu filho, eu sou, eu existo, meu sangue pulsa com a seiva das plantas suculentas que estendem suas raízes e bebem da água profunda, do barro.

Esmagar morangos, framboesas, arrumá-los em bandejas com cubos de gelo, uma hora basta para congelá-los. Erwan está excitado com a noite que nos envolve. A infância feliz do nosso menino nos faz sentir uma felicidade por procuração.

O barulho das sirenes de polícia subindo do centro de Argel traz de volta as visões de carnes machucadas, gargantas, estômagos, peitos abertos a facadas, rostos cortados, queimados com ácido, como se diz aqui, mulheres que são punidas, desfiguradas. Imagino brigas, rixas, nas trincheiras da *Casbá*[2], visões de machados de açougueiro, de navalhas de barbeiro, punhais com cabos incrustados de ouro, rubis, diamantes, armas dos contos orientais que eu percorro com Erwan nos livrinhos ilustrados, como se a violência fosse uma história.

O efeito do álcool forma camadas que se sobrepõem na minha mente.

---

[2] *Casbá* é o nome atribuído às cidadelas cercadas por muralhas encontradas em diversas cidades do norte da África. A *casbá* de Argel foi considerada Patrimônio Mundial da Humanidade pela UNESCO. (N. do T.)

Camada do meu filho correndo do quarto para o jardim, obrigando-me a pensar no seu futuro: devo mandá-lo para a França quando estiver na idade de entrar na universidade? Que nacionalidade deverá escolher para o serviço militar? Que futuro este país lhe reserva? E como viver um dia sem ele? Erwan, meu amor.

Camada de Brahim, desejo de suas mãos, de sua barriga. Como lhe confiar minha melancolia sem machucá-lo?

Camada da França, país que perdi sentindo, no sangue, tornar-me uma cidadã argelina, absorvida pela cidade.

Camada do medo, não dos homens, não da natureza, não do governo, mas de mim que estou perdendo o rumo.

Brahim me revela que será aberta uma vaga de bibliotecário no Liceu Francês. É preciso esperar a chegada do novo adido cultural. Se eu quiser, ele falará de mim. Aceito sua proposta e prometo ser paciente. Brahim vende papel para o Liceu, papel branco, papel carbono, o chamado papel "tecnológico", fino e embebido em um líquido que transforma tinta negra em tinta roxa. O Liceu Francês é um refúgio: arquitetura mourisca, palmeiras, bananeiras, passagens subterrâneas que levam aos cais de Argel para partir pelo sótão da terra. Eu me imagino entre os livros e fugindo.

Nossas noites de verão acabam sempre da mesma maneira, Erwan adormece em meus joelhos, Brahim o toma nos braços e leva-o para o quarto, coloca-o na cama, beija-o, acende a luz fosforescente, deixa a porta entreaberta, volta para vê-lo uma, duas, três vezes, abre uma outra garrafa de vinho. Fico no jardim. Já não olho para o céu, é o céu que me olha, ele sabe que estou fingindo. As folhas das árvores do Sul curvam-se como se fossem articuladas por um mecanismo que seria acionado fora da nossa casa, que não controlamos, ordem divina que os elementos obedecem, que nós obedecemos.

Nossas vozes se enrolam sem responder uma à outra, temos uma história para contar sem nos darmos conta de que elas não terão nenhum ponto de cruzamento, que não nos encontraremos no relato da nossa jornada, no relato das nossas dúvidas, das nossas reflexões. Somos dois corredores que se dão as costas, voltados para um objetivo diferente.

O corpo nu de Brahim. Fecho os olhos. Invento *um* outro e *uma* outra. Penso numa mulher no lugar de Brahim. Não sinto desejo pelas mulheres, nenhuma excitação. Este pensamento é uma duplicação, vislumbro-me na imagem que invento, reconheço minha silhueta, não o meu rosto. O vinho perturba meu sangue e minha atenção. O prazer chega e se afasta. Não retenho nada dele, permanece a consciência do jardim por detrás das cortinas da janela do quarto, plantas crescendo, sobrepondo-se. Na mesinha de cabeceira uma pedrinha cinza, marcada com um círculo branco, segunda versão da pedra que nasce dentro dela mesma, muda de cor, renasce. Espero me tornar uma outra a partir de mim.

Nesta manhã, na estrada para as praias, um homem nos seguiu, a Erwan e a mim. Não sei se ele estava nos esperando na frente da casa ou se nossa rota cruzou a dele por acaso, não vi nada de anormal ao sair da garagem, mas não tenho certeza, estamos tão envolvidos em uma multidão de hábitos, de gestos, que essa multidão nos faz ver mal ou não ver o bastante o que nos cerca, o que mudou. Avistei-o na via expressa. Não disse nada a Erwan.

Mais cedo na padaria da praça de Hydra, compramos algumas *cocas* (tortas de tomate, abobrinha e cebola). Saímos das alturas para o mar. A montanha havia parado de arder.

O homem dirige um carro pequeno, um Renault 8 branco, em mau estado. Ele às vezes nos ultrapassa, olha para nós e depois reduz a velocidade, obrigando-me a frear. Depois não acelera mais, se deixa ultrapassar.

Abaixo os vidros do carro, está muito quente. Erwan está atrás, numa posição estranha. Sentado na beirada do banco, colado ao meu assento, o braço em volta do meu pescoço. Parece preocupado, como se eu fosse me separar dele, como se estivéssemos em um foguete, cuja parte dianteira se destacaria do resto da nave, uma vez lançada ao espaço.

Ao deixar a via expressa pela rota dos juncos, o homem desaparece.

A estrada se estreita. Fecho as janelas, as folhagens podem nos arranhar.

O cheiro dos pântanos, das salinas, da terra depois do fogo, das cinzas e da lama, o silvo do ar nos juncos que cercam a caverna vegetal.

Paro o carro no estacionamento da praia de Zeralda. Descarregamos o carro. Erwan se ocupa da barraca de praia, da bola, das toalhas de banho, eu da caixa térmica, do que compramos na praça de Hydra.

O asfalto queimando sob nossos pés, um cheiro de palha, de galinheiro.

Erwan tira as sandálias, abandona seus pertences, despe-se, corre até a água, mergulha. Recolho suas roupas, abro a barraca, estendo as toalhas de banho que calço com pedras, o vento aumenta.

Tenho areia nos olhos, não reconheço o homem que nos seguiu. Ele está no alto da praia. É uma sombra que a luz não consegue perfurar.

Erwan desaparece sob as ondas, emerge, demônio das profundezas, sabe que o admiro. Meu filho é um bom nadador, intrépido na água, sua magreza transformada em uma força que lhe dá audácia, agilidade.

As mulheres argelinas fabricaram um abrigo com quatro estacas e uma cobertura. Apertadas umas contra as outras, seus risos se misturam com o som das ondas enquanto elas se formam, incham, quebram-se.

Tias, irmãs, mães, falam com uma mão tapando a boca para esconder o veneno das palavras, referindo-se certamente à *roumia*, à estrangeira, que eu sou, e à imagem da *mesquina*, da miserável, que eu lhes passo, eu, a mulher sozinha com uma criança.

O mar está agitado, vigio Erwan, sinto uma presença atrás de mim. Não devo me virar, senão um acontecimento se produzirá. Sentada, com os joelhos colados ao peito, estou prestes a me atirar na água, a salvar meu filho dos redemoinhos.

As mulheres argelinas não me olham mais, sinto falta de Brahim. Perturbada pela violência das ondas, pelos turbilhões de areia, sinto-me impotente contra os adversários que eu invento para mim.

Uso um maiô preto de uma peça, óculos escuros que cobrem meu rosto, minha pele é pontilhada de sardas. Sinto-me diferente das mulheres daqui.

Erwan sai da água, corre na minha direção e olha além de mim, puxado por uma coleira que o ligaria, na minha imaginação, a uma árvore, a uma mão. Ele para do meu lado, punhos cerrados, esgotado pela corrente. Continua olhando além de mim, depois me pergunta sobre a origem da areia. Falo da erosão, da poeira, das partículas, tentando esconder minha confusão. O homem vem se sentar perto de nós.

As ondas arremessam centenas de anêmonas na areia. Mais tarde, o cheiro dos seus despojos se somará ao cheiro nauseante do estacionamento. O vento expulsou as mulheres argelinas, as marcas das estacas que serviram para esticar a coberta desaparecerão, como nossos corpos lutando contra os elementos. Os vagalhões transportam cascalho transparente, marrom, branco, cinza, cristais de uma pedra preciosa que teria se estilhaçado em outro continente. Tudo volta ao mar, as gemas, as anêmonas, nossos cadáveres um dia, se o motorista tiver a intenção de nos matar.

O homem, apoiado nos cotovelos, pernas cruzadas, usa calça de flanela, camisa branca, sapatos de couro. Reconheço o uniforme dos guardas do serviço público. Ele se levanta, eu me aproximo de Erwan, que não sabe do meu medo, nem da ameaça do motorista, medo e ameaça talvez fantasiados, já que o homem tira os sapatos, as meias, caminha em direção à beira. Ele se posta diante das ondas, tão altas quanto o muro que separa o nosso jardim da rua. Ele se volta, olha-nos com insistência, altivez. Sua atitude é a de um caçador para com a sua presa, a de quem foi humilhado e se vingará. O homem sabe que eu compreendi; como na estrada, ele me desafia. Não posso sair da praia, ele nos alcançaria, empurraria-nos para os pântanos. Com os sapatos na mão, a calça levantada até os joelhos, somos seu alvo, congelados em seu eixo.

Um círculo de luz saltita sobre a areia. Penso na noite dos incêndios, em Brahim. Minha tristeza se derrama como um líquido, sinto-a fluir da minha carne. A natureza firmou um trato com ela, injetando-a em mim e tomando-a de volta, quando não puder mais contê-la, sobrecarregada pelas vertigens que ela provoca. Fora de mim, junta-se à terra, ao mar, antes de voltar à minha pele.

O círculo de luz pousa na perna direita de Erwan, depois na esquerda, não sei qual é o suporte sobre o qual o sol se reflete. Ele pousa na minha coxa, na minha barriga. Teleguiado, não consegue se prender ao objeto que visa, prejudicado pelo vento ou pela falta de jeito de quem o carrega em nossa direção, como um sinal de alerta.

O homem chega à frente, o círculo provém do mostrador do seu relógio, não sei se ele percebeu, se fez de propósito ou se a luz, seus brilhos também se dirigem contra mim, aumentando a tensão dramática da cena, dos "personagens": o motorista, a praia varrida pela tempestade, o mar em fúria, Erwan, que não entende a gravidade do que pode estar em vias de acontecer. Eu tenho a covardia de pensar que meu filho me protegerá, forçará o homem a seguir seu caminho.

O homem sorri para Erwan e se dirige a mim: *la takhfou*, "não tenha medo". Em seu crachá, pendurado no bolso da sua camisa, seu nome e seu sobrenome escritos em árabe. Não reconheço a sigla da empresa que o emprega, reconheço seu rosto na fotografia, rosto que me prometo não esquecer como se o homem tivesse me batido, ferido, o que não é o caso. Ele se afasta, sobe a duna que separa a praia do estacionamento, não olha mais para nós, ouço o motor do seu carro. Recolho nossas coisas, a praia torna-se um lugar maléfico que devemos deixar.

Erwan adormece, derrubado pela força das ondas, pelo sopro do vento, pelas espirais de areia. A estrada dos juncos está mais larga, como se o calor tivesse dilatado o espaço. Imagino o motorista escondido nos pântanos, armando uma armadilha para nós, uma faca de poda nas mãos, que o terá ajudado a abrir caminho entre os galhos.

La takhfou: mensagem profética. Lendo o meu futuro, o homem me ordenava a enfrentar minhas trevas.

O vendedor ambulante de Zeralda espera os clientes na estrada dos juncos. Ao seu lado, ao abrigo da tempestade, um menino vende pardais engaiolados. Miséria dos habitantes, camponeses ou moradores das cidades, o país passou de uma mão para outra, como se troca as cartas do baralho. A tristeza da natureza, espelho da tristeza econômica, as árvores, as flores e a luz chorando pelos homens abandonados à sua sorte.

Eu me pergunto para onde vai a multidão que se desloca da zona portuária para o centro, do centro para os bairros periféricos, se existe algum local capaz de deter a caminhada sem rumo. O mar não é um lugar de prazer, é o lugar dos barcos, da fuga para o mar aberto e os recifes espanhóis. A nós foi prometida uma segunda guerra cujos soldados trabalham em segredo. O país é composto de dois mundos, o visível e o invisível, base simbólica de um território clandestino que está sendo construído, que emergirá, destruirá.

No rádio do carro, *Yellow Submarine* dos Beatles, Erwan está acordado. A infância abraça a felicidade. Cantamos em voz alta envolvidos, depois do foguete, no submarino amarelo.

Penso frequentemente no que restará, no que Erwan guardará de mim, da sua infância, gostaria de capturar, de revelar suas sensações na película fotográfica, gravar nossos instantes, temendo que o amor desapareça com as lembranças, gravar o cheiro do jasmim quando nos aproximamos de casa, cheiro da estabilidade do lugar interior, apesar das desordens do meu coração contra a violência exterior, real ou imaginária, do mar, dos homens. Gostaria de proteger meu filho dos nossos anos Setenta, da marcha da história argelina para o caos.

As sementes de romã e as amêndoas frescas.
O corte irregular das rochas.
Os pântanos e o cheiro dos animais.
O homem, o desconhecido, o adversário.
A música *châabi*[3] que escapa de uma casa.

---

[3] *Châabi* significa literalmente folclore e se refere a diferentes gêneros de música do norte da África, tocados frequentemente em cerimônias de casamento. O *châabi* argelino é inspirado em tradições orais da música árabe e berbere. (N. do T.)

O som do portão do jardim quando Brahim está de volta.
A cor do papel polaroide que se metamorfoseia.
O chamado do *muezzin*[4] para a oração.
O clique da câmera Super 8.
O vento nas cortinas.
Os buquês de tomilho, *zaatar*[5], e de coentro, *kazbira*[6].

Poderia desdobrar ao infinito o que a minha mente suga e importa do real para o meu inconsciente. Estou crivada pelo espaço, pelos objetos, pelos ruídos. Tudo me impacta. Minha mente funciona tal como os fragmentos coloridos de um caleidoscópio. Muda de acordo com a orientação que lhe dou. Sonho com uma luz branca que me reflita uma paisagem sem pegadas, sem presença humana.

Mãos nuas, ajeito as plantas, os brotos, as sementes, acredito no magnetismo da terra, na influência do céu, elemento do cenário que admiro ao amanhecer e ao qual me submeto quando a noite cai.

O sol modificou minha pele, multiplicou minhas sardas, escurecendo-as, pele lavada pelo mar, pelo vento, pela areia, pelo homem que nos seguiu e nos espiou. Eu o culpo por ter me feito sentir medo na estrada dos juncos selvagens, estrada interior, cravada no coração dos pântanos até as portas de Argel, acreditando reconhecê-lo em cada esquina. A cidade assimila as feições do seu rosto.

Brahim trouxe esparto, uma planta do deserto usada na fabricação do papel. O esparto está seco, afiado como as notas que escrevi esta noite, sentada em um degrau da escada do terraço, com um vestido transparente, cor de carne, uma taça de vinho perto de mim, tentando fixar a vida que passa. Adoraria reunir os detalhes da nossa existência em meus cadernos; assim não morreremos.

---

[4] *Muezzin* é o encarregado, de acordo com os preceitos da religião islâmica, de convocar os fiéis para as cinco orações diárias, do alto do minarete da mesquita. (N. do T.)

[5] *Zaatar* é uma mistura de especiarias moídas (tomilho, orégano, manjerona, gergelim torrado etc.) usada como condimento na culinária do norte da África e do Oriente Médio. (N. do T.)

[6] *Kazbira* é a palavra árabe para coentro. (N. do T.)

Erwan brinca com uma vassoura comprada na beira da estrada de Koléa, no começo do verão. Ele corre pelo jardim, brandindo o cabo da vassoura como faria com uma lança, membro de uma tribo atacando sombras e nuvens. As omoplatas do meu filho, asas que o impulsionam em sua corrida. O mês de agosto se extingue, o torpor permanece.

Planto o esparto ao pé da palmeira esperando vê-lo crescer, transformar-se em árvore da qual cada flor seria uma lembrança de nós três.

Argel, a triste.

No coração da região de Palestro, pouco depois da Independência, fiquei impressionada com a beleza dos campos, das rochas gigantes, com o tapete de botões dourados, asfódelos, com as fileiras de narcisos, margaridas, com o amarelo das flores como se elas fossem iluminadas pelo sol, com os gritos aterrorizantes dos macacos, testemunhas dos massacres, fiquei tocada, também, pela impotência dos animais, privados da linguagem, da narração.

Não menciono a história do homem que nos seguiu para Brahim, temo sua reação, suas palavras. Ele chega a detestar os seus, a não se reconhecer mais naqueles que acreditava serem seus irmãos e a proferir insultos racistas contra eles, insultos de que foi vítima durante a Argélia francesa. Vejo nisso um ódio interno, pessoal, projetado no outro, nos outros, descarregando-se, para não destruir o que ele construiu com seu filho e comigo.

Na barriga, nas costas, os corpos tensos, afastados, úmidos, os músculos inflados pelo esforço, pelo desejo, pela tensão dos membros que procuram se encaixar, separar-se, pela confusão das respirações, dos cabelos, das peles, das carnes. Tem-se a impressão de que nos enfrentamos, que um de nós deve desistir do seu lugar, apenas uma única entidade pode subsistir no conflito, uma entidade que deve vencer. Penso no louva-a-deus que mata aquele que escolheu, penso nos cães que brigam com suas presas plantadas no pescoço, na nuca, no flanco. O combate que travamos em nosso quarto é o do gozo que imploramos para nos livrar do calor, do tédio, da derrota da fala.

Nossos beijos sem ternura substituem as palavras. É impossível para mim dizer "eu não te amo mais", da mesma forma que seria impossível eu deixar Brahim, partir com meu filho, deixar seu pai no país da tristeza, conhecer outra cidade com outros homens e outras mulheres. Estou condenada a ficar ou me condeno a ficar, faltam-me coragem e imaginação. Não saberia para onde ir depois daqui.

Em cima dos muros das casas vizinhas, cacos de vidro para expulsar os ladrões. Uma milícia patrulha o bairro. Homens, em número de cinco, *khamsa*[7], como os cinco dedos da mão, invadiriam as propriedades para espionar, para revistar. Não sei se devo acreditar no boato, mas sei que o fogo é anunciado pelas brasas.

A tempestade encharcou a terra, ouço o farfalhar das flores se abrindo, empanturradas de chuva, os gritos dos pássaros excitados pelos relâmpagos da noite. As larvas, os insetos enxameiam e se confundem, imagino sua linguagem secreta, o pacto, a potência. A terra vive, transborda, cresce. Ela renasce, alimenta-se de seus brotos, de suas cascas, de seus detritos. Ela cheira, fede, delicia, intoxica. Ela te deixa louco, louca, dependente. Ela vai engolir minha pele, meus órgãos, meu pó. Ela é indiferente, autônoma, desordenada. Ela sobreviverá à nossa violência. Ela canta, gesticula, abre-se e se fecha, escorre em seiva, em resina. Ela brilha através da fotossíntese, transforma-se, retorna, nova e brilhante. A terra goza quando penso na morte do verão.

Subo com Erwan ao bairro de Paradou, onde uma gazela africana está trancada há vários meses em um cercado. Erwan se cola na cerca, o animal se afasta, abaixa a cabeça. Fotografo meu filho, seus braços estão cruzados no peito. Ele veste uma camiseta listrada ver-

---

[7] *Khamsa* é um objeto com a aparência da palma da mão com os cinco dedos estendidos, usado nos países muçulmanos como amuleto contra o mau olhado. (N. do T.)

melha, short branco, tênis. Seu olhar é o do homem da praia, ele me desafia. Na lente, dois animais estão trancados em seus recintos, o do Paradou para a gazela, o do meu ser para o meu filho. Eu sou sua gaiola. Não são mais os traços de Brahim em seu rosto que aparecem no papel. Espectral no começo da impressão e em seguida saturado, meu medo surge aí.

2

Primeiro dia do ano letivo. Brahim acompanha nosso filho à escola do Petit Hydra. Erwan acena sem me olhar. De camisola na varanda, pés descalços, eu os observo se distanciando no carro. Eles desaparecem depois da curva, evaporam-se na cidade. Entregue ao labirinto da casa, retorno à minha primeira solidão, a verdadeira, a atordoante, a dissolvida pelas férias.

Por detrás das cortinas do quarto, os galhos das árvores são braços estendidos, garras de feiticeira. Penso na milícia e me pergunto o que seus homens poderiam encontrar neste lugar fechado. O verão regressa adiando o outono, estação marrom, vermelha, acastanhada, que prepara os azevinhos, os cardos, as nozes, as trilhas dos javalis.

No quarto do meu filho: seu lençol, seu travesseiro, seu cheiro, suas roupas, seus brinquedos, seus cadernos na escrivaninha. A infância tem o cheiro dos campos de trigo. Estou embriagada de Erwan. Imagino-o no pátio, esperando o seu nome ser chamado, mochila nos ombros, short e meias de cano alto, camisa jeans, sua medalha da Virgem contra a pele; não acredito em Deus, mas, supersticiosa, rezo contra o mal. Minhas orações se dirigem a uma força superior que seria a natureza do jardim, natureza escolhida, construída, mesmo se ela me escapa como o espaço da nossa casa, agora muito grande, glacial.

Pink Floyd, *The Wall*. Danço eletrizada. Quero a minha revolução, quero mover minhas células, estalar meus ossos, fazer circular meu sangue, mudar meu rosto. Quero minha juventude. Espero alguém, o desconhecido. Acredito na pré-história de uma história, na que existe antes de existir, na marca de passos inacabados cujo caminho está traçado, reservado. Tomada pela música, suando, sinto-me um pouco suja do gozo de Brahim. Somos únicos e não somos nada. *We don't need no education, we don't need no thought control.*

Sinto-me espiada por uma massa, pelo enxame, sinto-me culpada, julgada e, no entanto, sou inocente. A escrita é a rede que me recupera, eu, que constantemente me solto do trapézio, meço-me no vazio, certa de poder planar sobre a cidade e sobre minha família, sem me esmagar, sem me ferir. Desejo de doar meu caderno, de ser lida pelos meus, de ser libertada pelo julgamento deles, punida e lavada de meus pensamentos.

O lilás emaranhado asfixia, seria preciso desfazê-lo, temo quebrar seu sistema, o que ele colocou em prática, inventou, para difundir os eflúvios, a essência do seu perfume, a vertigem que ele provoca, sua obsessão. A laje quente do nosso terraço sob meus pés descalços, estou apaixonada pelo meu jardim. Meu corpo está sem o corpo de Brahim, sem sua mão na minha cintura, na minha barriga, nos meus ombros, mas tenho a certeza que a minha cintura, a minha barriga, os meus ombros estão capturados. Sob as folhas da palmeira de Bou Saaf tomo sol, filtrado, estriado, como se desviado da sua trajetória.

Imaginar Erwan é minha obsessão; se eu olhar para a nuvem que passa, meus olhos talvez encontrem o olhar do meu filho, que, por sua vez, levantando a cabeça da carteira, olha pela janela da sala de aula, surpreso que o céu esteja escurecendo. Um ano, um avião lançou panfletos publicitários, as crianças corriam atrás dos pedaços de papel triangular, acreditando que estavam distribuindo cédulas.

Lembrança de Paris, de um passeio com o meu irmão, de um vestido florido, de meus sapatos vermelhos de salto alto, da euforia redescoberta de andar sem rumo pelas ruas da cidade, sem medo de cuspir, de uma palavra, de um olhar. Recuperava minha feminilidade, mas não podia desfrutá-la plenamente na presença do meu irmão, que me acompanhava sem suspeitar do que eu podia sentir, sem saber o valor do que estava prestes a ganhar e que logo perderia, no voo da Air Algérie que me reconduziria para minha existência "neutra". Escondida atrás dos meus óculos, dos meus chapéus, das minhas roupas folgadas, aqui não sou uma mulher e não me aproveito das vantagens dos homens, de seu poder sobre os seres, as coisas. Eles ocupam a cidade e mesmo a natureza, cúmplices, estendem armadilhas, apesar da sua grandiosidade, da sua beleza. No rochedo de Bérard, os homens se escondem atrás dos arbustos para olhar as raras mulheres, oferecendo um quadro estranho, peculiar: eles hipnotizados pela cena, elas, inconscientes e às voltas com o mar — com muita frequência, elas não sabem nadar.

A nudez das mulheres é a oferenda, não há corpo livre. Andar em Argel equivale a comprometer-se com o desejo dos homens, em provocá-lo.

No jardim, de camisola, pergunto-me o que poderia dizer aos homens da milícia se eles viessem me interrogar a respeito das garrafas de bebida arrumadas na garagem, dos copos que se espalham pelas escadas do terraço, dos cinzeiros cheios, indícios de uma festa noturna, do prazer (fabricado) tão raro por aqui; eu protegeria Brahim, evocaria minha embriaguez solitária, faria-me passar por uma mulher à deriva, que deveria ser punida para que pudesse se recuperar.

Passo mais tempo imaginando uma vida do que vivendo a minha. Sinto falta de Erwan, incluído em uma história que não é mais a dos seus pais, mas a do estudante que vai aprender, estudar, se divertir. Invejo sua infância, lembrando-me da minha através de fragmentos de cheiro, cor, vozes que se tornaram irreais; aqui, eu borrei meu passado, minhas lembranças. Os anos que passam são para mim como uma peneira furada, que não reteria nem ouro nem pedra.

O álcool chega à noite, meus dias são destinados aos cuidados com as plantas, à cozedura dos alimentos, às tarefas domésticas — lustrar consiste em caçar minhas sombras. Concentro-me na laje do terraço, nos azulejos dos quartos, do salão, da cozinha, lavando, raspando, enxaguando, esperando limpar meu tédio e me tornar uma outra, uma mulher que corre para o seu homem, feliz, oferecida.

A felicidade é como a inteligência, não pode ser aprendida, não pode ser conquistada, há uma predisposição à felicidade como há uma disposição ao poder das ideias. Minha zona é sombria e o sol bate na minha nuca.

Limpo meu corpo sem tocá-lo, lavando-me brutalmente com uma luva — seria fácil eu me dar prazer, mas a imagem de Erwan me trava. Minúcia do gesto que retira as escórias, os excessos de pele, unhas, sobrancelhas; minha maquiagem é leve, meus óculos esconderão meu rosto. Eu me arrumo para meu filho, Brahim pensará que eu fiz um esforço para lhe agradar, ele estará errado e eu não vou contradizê-lo.

O corpo que deve ser cuidado como se estivesse em perigo. O corpo que deve ser vestido: escolhi um vestido de algodão bege, um lenço claro, sandálias, três pulseiras finas e douradas. O corpo que deve ser perfumado. Tenho um encontro. Os gestos de uso comuns às mulheres. De que imagem somos escravas? A que eu mando de volta para mim é difícil de olhar.

Construí um território materno. Minha barriga fica presa a Erwan e não o contrário. Devo estar doente, enlouquecida, tenho vergonha de escrever isso. As palavras consertam, tais como a agulha e a linha, o trabalho danificado.

Estou tendo dificuldade no meu papel, não sei se estou agindo certo, se estou perto demais do meu filho, sentindo-me a pele da sua pele e sentindo-o como o prolongamento da minha infância cujos detalhes perdi. Espero que a dele seja memorável, dedico-me a ela — nossas excursões, nossos banhos de mar, o abeto que nós vamos cortar na floresta de Baïnem, no inverno, para o Natal, os campos, o "pequeno" deserto depois da cidade. Só tenho a beleza da paisagem para lhe oferecer. O que restará da cor das rochas, das areias, dos vales atravessados por *uádis* barulhentos, perigosos?

O amor dissonante será talvez a lembrança central da sua infância. Erwan sabe sobre Brahim e eu. Todas as noites ele assiste ao espetáculo das nossas falhas e adormece com essa evidência.

Impossível cortar um cacho de glicínias e encerrá-lo em um vaso. Logo ele se desvanece, estragado por aquilo que eu espalho pela casa — toxicidade.

Meu tempo deve ser ocupado, aproveitado. Caso contrário, poderia me perder no sono, com a ajuda de barbitúricos, do álcool, mesmo que não seja uma suicida, sabendo dosar minhas necessidades, não ultrapassando o primeiro círculo da embriaguez, aquele que puxa um fio, desfaz a bola da ansiedade, liberta-me sem que eu me desprenda completamente da realidade. Domino a arte de não afundar.

Quando imagino minha fuga, estou sentada no volante do meu carro, em direção ao palmeiral de Timimoune, lugar africano construído na terra vermelha do Sudão, último abrigo com que sonho por seu esplendor, por sua oposição à cidade de Argel. Ali, os homens são seres apagados, sonolentos, fantasmagóricos, as mulheres são senhoras da existência que compartilham entre si — gineceu que organiza os ritos da aldeia, sua economia, assegurando a sobrevivência como as torres de *noria*[8] que alimentam de água as plantações, a ostentação de uma natureza irreal no coração do Saara. Lá, ninguém me encontraria, ninguém se juntaria a mim. Na minha imaginação, estou sem Erwan. Eu o retiro da minha loucura e continuo sendo uma *boa* mãe.

Preparo uma torta de cerejas. Ela tem de ficar dourada, mas não pode queimar. É preciso ligar o creme à crosta caramelizada sem que nem um nem outro se estrague, mas sim se mantenham em equilíbrio no calor do forno, atrás da vidraça chamuscada pelos pedacinhos das frutas que escureceram e que me fitam como se fossem os olhos de pequenas rãs nadando na superfície do leite ainda líquido.

[8] *Noria* é um engenho ou aparelho usado para retirar água de rios, poços e cisternas, seja para irrigação, seja para fornecer água para cidades e aldeias. Muito utilizada no norte da África, foi introduzida na Península Ibérica pelos árabes. (N. do T.)

De vestido, perfumada, sinto-me "mulher" para ir buscar meu filho. Ao escrever essas palavras, tomo consciência da minha ambiguidade. Não sinto desejo carnal por Erwan, mas um ciúme anormal por aqueles que me roubarão seu coração. Tenho tempo. A fidelidade da infância me comove tanto quanto me convém. Já o exprimi: tenho medo de envergonhá-lo. Tenho que seduzi-lo para seduzir os outros.

Meu caderno e minha caneta na bolsa: uma arma e sua gama de munições.

Fecho a porta do jardim à chave, passo pela garagem, o carro está do lado de fora, verifico se alguém está olhando, sinto-me aguardada, mas sem a sensação do perigo que esta, sim, deixou em mim. O fim do verão não existe em Argel, o calor perdura, espalha-se, denso, em bloco, em um céu menos claro.

"*Salama, salama, salama*"[9]. Cumprimento as vizinhas nas janelas, nos degraus de suas casas. Elas me chamam de "a francesa triste", sei disso.

O cheiro da madressilva me excita.

Dirijo rapidamente, no rádio do carro, aquela música árabe que Brahim me traduziu conta a história de um exilado que só encontra descanso à sombra de uma árvore que lhe faz lembrar seu país. Ele canta "o jardim suspenso da infância".

No meu vestido bege, muito largo, meu corpo flutua, tenho a sensação de não pertencer ao meu tempo. Sinto-me disfarçada, mal "ajambrada", diria minha mãe, tão diferente das "gravuras de moda" que eu admiro nas revistas femininas. Em outros lugares, as mulheres forjam um destino para si mesmas, aproveitando a liberdade sexual da qual só tenho a representação nas capas dos discos de 3 Boney M., Donna Summer, Cerrone.

Espero meu filho no carro. Ele correrá para mim, esmagará seu rosto contra o meu peito, reencontrará sua "heroína", eu que ocupo

[9] *Salama* é uma palavra árabe que significa literalmente "paz", usada com frequência como uma saudação cotidiana, sobretudo nos países árabes e nos países muçulmanos em todo o mundo. (N. do T.)

um papel de coadjuvante no fundo da cena, fundida ao cenário, à paisagem de papelão.

Meninos jogam futebol com uma caixa de Leite Glória, pés descalços, meninos entregues à rua que, às vezes, mata-os quando um trólei passa muito rápido. Incomoda-me o fascínio que tenho por esses meninos, iguais a um bando de pássaros, não consigo deixar de observá-los, comparando suas vidas à do meu filho; sua alegria para além da miséria me dá vontade de chorar.

Ouço a campainha da escola, imagino Erwan arrumando seu material, saindo da sala de aula apressado para me encontrar, apreensivo com a possibilidade de não me localizar na multidão de mães.

De repente, o pensamento parasita do meu desaparecimento, do meu menino na floresta dos estudantes procurando-me e acabando sozinho, no meio da calçada, e em seguida acompanhado dos meninos da rua que o cercam, o empurram e o ajudam a encontrar sua mãe desmaiada na cidade. Comparo meu "apagamento" imaginário com a frase riscada à caneta mágica que branqueia a tinta e a faz desaparecer dentro do papel, assim como eu poderia desaparecer dentro da terra.

O barulho dos estudantes descendo as escadas da escola mista de Hydra, o ronco dos motores dos carros estacionados em fila dupla, o burburinho, a atividade, o turbilhão me angustiam, o excesso de vida, de juventude no perfume das alfenas do pequeno jardim da escola, edifício dos anos franceses cuja planta conheço à perfeição, o corredor, os vestiários, o pátio, o primeiro andar, a sala de aula do fundo, a de Erwan, a última antes do secundário.

Erwan não está só, um menino está ao seu lado. Eles descem a escada, conversam, empurram-se. O menino lhe dá um objeto. Estou muito distante para poder distinguir sua forma. Erwan o enfia no bolso do short. Há um buraco na luz. Os dois se deslocam em uma coluna de ar que os impede de cair, apesar dos gestos bruscos, da excitação de compartilhar um segredo.

Erwan ganhou confiança, não sei se por causa desse menino ou se pelo fato de ele se encontrar fora de nós, de mim, o fez crescer em pouco tempo, como uma planta cujo vigor foi aumentado por raios ultravioletas, intensos e contínuos.

O menino tem a altura de Erwan, sua delicadeza, suas roupas, calção e camisa, tênis branco de cano alto. Seu cabelo é liso, com mechas louras, em contraste com os cachos pesados e escuros de Erwan. Sua aparência sugere que ele desfrutou de grande liberdade durante as férias, enquanto nós lutávamos contra os ataques do verão; sua graça me afeta e me assusta, sinto-me apertada, prisioneira da minha melancolia, desejando secretamente trazer Erwan de volta para não perdê-lo.

Assisto a uma aliança, pressinto-a. Escrevi isso: Erwan é minha pele, reconheço a importância do menino de tênis de cano alto para quem não falta nada para se tornar o centro, o herói do espaço, escolhido pelo sol e pelos estudantes que o aplaudem (na minha loucura). Ele é popular, Erwan sabe disso. Ao escolhê-lo, ele se salva de mim, e o menino, ao escolher Erwan (ainda na minha loucura), encontrou seu companheiro, seu fantoche, aquele que fará sofrer por ser muito desejado.

Cada elo me traz de volta à minha solidão, tenho ciúme de uma criança que fará a minha mais feliz. Como eu, ele não fez nenhum amigo de verdade por aqui.

Quando eles se aproximam, percebo que estão de mãos dadas.

O menino é bem dos anos Setenta, seu corte de cabelo, sua aparência, o colar de marfim no pescoço. Não pertenço a nenhuma época, vencida. Não sou mais a heroína, sou a rival. Sua beleza varia de um segundo ao outro, dois rostos se chocam, um buscando caçar o outro, alternadamente, beleza instável que não é uma beleza verdadeira, mas sim um encanto animal. Ele fará mal a Erwan, terei de protegê-lo. Meu ciúme se desdobra, ultrapassa-me, tenho consciência disso, deixo-o se desdobrar. O menino, eu sei, vai ler meus pensamentos.

Ele se apresenta, chama-se Bruce; eu também me apresento e ele responde "Sei quem é a senhora" e vai embora, sem dizer uma palavra para Erwan, dirigindo-se para um Citroën preto, carro utilizado aqui pelas "autoridades", cujo motorista não descerá para recebê-lo, para beijá-lo, para segurar a porta para ele.

Erwan abre o pacote de papel-alumínio em que embrulhei um pedaço da torta de cereja ainda quente. Dirijo sem música, observo-o pelo retrovisor, seus lábios estão vermelhos por causa das cerejas e eu sinto um leve mal estar ao som da sua mastigação.

Na estrada, as árvores se inclinam, curvam-se, guarda de honra para os dois passageiros mudos que somos nós. Concentro-me no caminho que leva em direção à nossa vila, atravesso a praça de Hydra sem me deter no correio, um pacote me espera lá, estou congelada, sou uma idiota, intimidada por Erwan, ele que passou um dia sem mim e não sentiu a minha falta.

Procuro sintonizar a rádio italiana que nós captamos quando o tempo está claro, tenho necessidade de vozes estrangeiras para escoltar minha voz hesitante quando pergunto sobre seu novo amigo.

Bruce não é um menino, é uma menina, cujo prenome é um apelido: ela adora Bruce Lee.

Bruce chama meu filho de Rio, porque ele chorou esta manhã quando eu olhava a nuvem, estou certa disso, captando sua tristeza além das casas, dos telhados, das portas que nos separavam.

A nova equação — Bruce, a força; Erwan, a fragilidade — expulsa-me da história.

Eles encontraram, ou melhor, Bruce encontrou em Erwan a possibilidade de exercer sua força sem que meu filho possa responder a isso, se opor a isso, contaminado por minha melancolia, fluido maléfico que só se alterna com o medo. Erwan se curvará ao poder de Bruce, pior, se perderá no personagem de Bruce, a quem desejará imitar por admiração. Sinto-me despossuída, Bruce ainda é uma criança, mas imagino o que ela passou para se apresentar do jeito que se apresentou, para se definir do jeito que se definiu, por ter me desafiado com a segurança de quem tem armas para se defender.

Lamento o nosso verão, acho que estou perdendo uma parte de Erwan. Meu ciúme é um delírio ou uma proteção. Tranco Bruce no meu caderno. O que emana de seu rosto e de seu corpo são as provas daquilo que ainda não existe e que surgirá pela força das coisas. Tenho que anotá-la, represá-la. Ela é a torrente que engolirá o Rio, Erwan.

Tenho a inocência de acreditar no represamento das palavras, em uma escrita-vudu que protegeria do infortúnio, uma vez registrada no meu caderno e que lançaria feitiços contra aqueles que nos desejassem mal. Sou a mãe de Erwan, Bruce não deverá se esquecer disso.

Não lhe dou chance. Sem conhecê-la, ela é minha inimiga declarada. Bruce me assombra.

Os olhos, a boca, os dentes, tudo é grande, carnudo, fora de sintonia com o rosto. Nenhum traço de feminilidade, nem o peito, nem os quadris, nem a barriga, nem as nádegas em minha memória, quando a observava se afastar, quando a "radiografava", fascinada por seu andar, pelo movimento que inventava. Cada passo saía do chão, impulsionando-a na direção do carro que a aguardava.

Os meninos que jogavam futebol também a observavam. Lembro-me de uma palavra quando ela passou por eles, *ataï*, "bicha", seguramente por causa do colar.

As pernas, dois palitos de fósforo enganchados na bacia. Ela é esbelta, mais estreita que Erwan, os cotovelos e os joelhos pontudos, as costelas salientes, indubitavelmente visíveis sob sua roupa.

Seu corte de cabelo é o dos Poppys, o grupo favorito de Erwan.

A tristeza e a insistência do seu olhar.

O vinco do seu calção e da sua camisa, engomados com apuro. Seu relógio masculino de mergulhador.

Se recomponho a cena, Bruce se coloca à minha frente, pronta para me dar um tapa (loucura minha). Transfiro minha violência para esta criança, obcecada pelo temor de perder meu filho, de ser vencida por uma amizade de algumas horas.

O motorista ou a motorista do seu carro devia estar nos espiando pelo retrovisor, certificando-se do efeito que Bruce teria sobre nós; o encanto funcionou muito rapidamente, queimando nossas peles.

Bruce já deixa um vazio que eu preencho ao repetir a cena.

O céu é amarelo. Se fosse fotografado, a imagem polaroide se expandiria acima de nós, fornecendo um teto multicolorido sobre a cidade fervilhante, vertiginosa, cidade que poderia se fundir à beleza celeste, mas resiste, como um organismo infectado por seu próprio sangue.

Sinto-me olhada, espiada, imaginando que foi dado um sinal aos homens de Argel, ordenando-lhes que deixassem a zona portuária e subissem para Hydra para vir me buscar, bater-me, sequestrar-me.

Imagens de corpos torturados ligadas a um filme cujo título esqueci, mas não o problema que causou. Seu herói, sósia de Cristo, era açoitado por mulheres e experimentava prazer na dor, herói com o qual me identifico.

No caminho para casa, cruzamos com estudantes vestindo o *hijab*[10], Brahim as apelida de irmãzinhas de Khomeini, convencido de que isso não vai vingar, que vai passar, que a Argélia não é o Irã. Está enganado. Nossos anos Setenta estão queimando, ninguém será capaz de conter o fogo.

Aqui, dizem que as almas em agonia sobem ao céu, leves, como as cinzas que o vento carrega.

Meu medo de perder Erwan me traz de volta à tragédia, nosso vínculo também é uma questão de vida e morte, o que é doentio, estou ciente disso.

E se Bruce fosse providencial, obrigando-me a me abrir à estranheza, a me medir numa situação que me faria sair da minha solidão, da melancolia? Obedecer-lhe?

Preciso de um copo de vinho para eliminar a menina-menino que acabei de conhecer.

A porta da garagem está aberta, tenho certeza que a fechei. Não digo nada, dou as chaves da casa a Erwan, apressado para ficar em seu quarto, com seus objetos. Inspeciono o jardim, torrões de terra revirados, plantas pisoteadas, o espaço foi atravessado, mexido, ou por um intruso, ou de si mesmo, gesto de plantas, insetos, vermes, anunciando antecipadamente a estação chuvosa dos musgos, das samambaias, dos cogumelos.

Uma salamandra desaparece sob a fundação da casa, esgueira-se pelos desvãos do nosso lugar, onde meus pensamentos proibidos, meus arrependimentos, meus sonhos de partida, minha infância

---

[10] *Hijab* é o conjunto de roupas recomendado pela doutrina islâmica, mas que remete, frequentemente, às vestimentas femininas tradicionais, ou especificamente ao próprio véu. (N. do T.)

na qual não penso com muita frequência, entrelaçam-se em minha imaginação. Minha idade adulta eliminou a inocência. Voltam somente as imagens de meu irmão, a quem não chamo mais, invejando relatos de sua vida francesa, de sua juventude ocupada, enquanto perco a minha em uma existência sem projeto. Meus amanhãs são vazios.

Preparo uma torrada para Erwan, ele ainda está com fome, leite com chocolate, abro uma garrafa, um único copo bastará para me acalmar, uma dose, uma injeção de açúcar, de algodão.

Meu filho, sentado no galho da nespereira, arranca os frutos e joga os caroços por cima do muro, para a casa dos vizinhos, sua brincadeira favorita. Estou no seu quarto, arrumo suas coisas, sua mochila, seu material escolar, sua camisa e seu calção, ele trocou de roupa, revisto seus bolsos, o objeto desapareceu, guardo seus livros e seus cadernos. Um pedaço de papel está em cima da sua mesa, "60 14 90 Bruce Edifício Shell".

Sentados nos degraus do terraço, admiramos as folhas das árvores que logo cairão, a cor do jardim, o milagre de nossas flores terem sobrevivido à intensidade do verão, a nova fileira de juncos que orientei Erwan a cuidar, esforçando-me para lhe transmitir minha paixão pela natureza, para que ele tenha consciência do que ela nos dá e do que pode nos retirar, sabendo que também lhe transmito minha angústia em ser enterrada, atormentada, desde que vivo aqui, pelo sonho de uma onda que recobre a cidade depois de um terremoto. Da beleza passo para a morte e não consigo evitar isso. Estou doente, doente de melancolia, uma razão, se eu fosse honesta, de me alegrar com a chegada de Bruce ao mundo de Erwan.

Bruce é certamente atormentada por um sonho diferente do meu, o de se tornar uma outra pessoa, sonho concretizado antes da traição de uma adolescência que tomará posse do seu corpo que ela reprime, suponho, com cuidado e severidade.

Erwan diz: "Ela não é uma garota como as outras". Eu o estreito contra mim, seu rosto na minha pele, seu cheiro de chiclete, cola, lápis, sua voz aguda, meu menininho.

Mais acima, a sombra do Edifício Shell, os pilotis que o sustentam lhe dão o ar de um monstro com vários metros de altura que poderia se mover, avançar em nossa direção, esmagando tudo em seu caminho. Suas sacadas estão vazias, secas, estéreis como se seus moradores não pudessem revelar o parque que o cerca, armadura de eucaliptos, arbustos, cachos de mimosas escuras que transbordam sobre a rua, idênticas, por sua cor, a milhares de vespas.

Erwan me estende o objeto que Bruce lhe deu, uma estrela de metal do xerife, na qual está gravado *Washington DC*. Esfrego a estrela contra o tecido do meu vestido "para fazê-la brilhar tanto quanto as outras", apagando as feições do rosto de Bruce, afastando a má sorte.

Sinto falta de Brahim, preciso de que seu corpo substitua o corpo de Erwan, um traidor contra sua vontade. Quero que a sua mão torça a de Bruce, gesto que promete um futuro do qual serei excluída, eu que acreditava sermos únicos no mundo. Quero sua força para me levantar, levar-me até nosso quarto, quero que sua doçura me faça adormecer, fazendo votos para não acordar mais.

Os pássaros desapareceram com a luz, Erwan se ocupa das lanternas, vou para a cozinha preparar nosso jantar.

Azeite na carne crua.

Tomilho e louro, alho e cebola, trabalho de ervas, de rebentos enfeitando os despojos.

O prato de tahine: um sarcófago.

Constrangimento diante do animal morto, constrangimento pela transgressão, preparando-nos para devorar um dos nossos.

O vinho e os sulcos das vinhas espalhadas como cidades no fundo dos vales, ainda protegidas, autorizadas, as uvas pesadas, negras, sensuais que mancham a terra e as pedras secas.

O vinho é uma paisagem, coloniza-me, traz-me de volta à fronteira da felicidade.

Esta noite me entregarei a Brahim, aos seres invisíveis que convocarei antes do meu prazer. A sexualidade conta nossa história de outro modo, como sonhos que oferecem uma segunda versão do real, depois se retiram com as imagens que os compuseram, deixando-nos com nosso pavor, com nosso espanto, incapazes de compreender o que acabou de acontecer, o que acabou de desaparecer.

O telefone toca, eu atendo, a linha, imediatamente interrompida, ressoa no vazio como quando está ocupada. Imagino Bruce do outro lado, no último andar do Edifício Shell, suspensa no céu. Seu rosto não é o de quem conheci no final da tarde, mas o do homem da praia.

Ouço o carro de Brahim, seus passos, ele me encontra na cozinha, fica atrás de mim, prende-me pelos quadris, beija meu pescoço, gestos milhares de vezes realizados pelo autômato amoroso, gestos aos quais não respondo, o corpo congelado, envergonhada por não gostar da sua doçura e de preferir, em segredo, a violência.

Ele se serve de uma bebida e vai para o banheiro.

Penso no apelo anônimo. Sei que devo me reaproximar do pai do meu filho.

Agachado na banheira, Brahim lava-se com jato d'água e sabão. Sua mão direita desliza sobre as partes do corpo, ensaboando a zona grisalha dos pelos. Insiste nas dobras, esfrega a barriga, o tronco, as axilas, acaricia a parte de cima, o meio e a parte de baixo das costas. Ergue-se, enxágua a pele com os olhos fechados. Eu o olho sem admiração, apesar da musculatura, das nádegas, das articulações poderosas, do pênis grosso, dos ombros de estátua aos quais tantas vezes me agarrei para alçar voo em direção a homens imaginários, amantes sujos e autoritários.

Vontade de abraçá-lo, excitá-lo e depois deixá-lo, atribuindo-me uma forma de importância.

Os mamilos mais escuros que o tom do conjunto da sua pele quando se afasta a "forragem" de pelos que os protege. Auréolas largas que me fazem pensar nas dos seios.

Os dedos dos pés abertos, a água passa através deles como se fossem filtros, válvulas que se abrem e se fecham de acordo com a potência do jato.

Coxas feitas para caminhar, escalar, correr, Brahim é um homem da terra, dos caminhos, das terras altas, ele não sabe nadar.

Sua posição no banho, sua concentração, ele é comovente; eu nos via como corpos siameses, vivendo com um só coração, respirando com um só fôlego. Nossa juventude fugiu com nossos juramentos, poderia ser infiel a ele, e já sou, em pensamento.

Seu olhar quando percebe que o observo, seu sorriso que contém a inocência que perdi.

Ele me puxa para si, enrola-me na toalha de banho, camisola de carne fresca, perfumada, úmida. Ele me beija, eu conto até seis antes de me retirar, ele não me prende e eu me ressinto por ele não me deter, por cansaço, por renúncia, se eu deixasse a casa, o país, ele não me deteria, não brigaria, vencido antes da luta, da explicação. Correu uma história na escola de Erwan, quando ele estava no terceiro ano do fundamental. Uma francesa queria deixar o país com sua filha pequena, o marido era violento; ela pediu às mães de família que lhe emprestassem um passaporte, ela modificaria a foto para sua filha, prometendo devolvê-lo assim que atravessassem a fronteira, em segurança, na França. Pensei que se Erwan fosse menina eu teria tido essa ideia, dando a identidade do meu filho a uma outra criança, eu teria tido a ilusão de me refugiar, de nos salvar.

O peso da terra argelina sobre os ombros das mulheres francesas, túnel sem saída em que estamos correndo, nos debatendo.

Os homens não passam pela experiência da obscenidade, das mãos coladas aos vestidos, às peles, mãos pegajosas, pretas de sujeira, de carvão.

Os animais machos, a cidade-zoológico, as casas-gaiolas, as presas femininas: todas nós somos gazelas africanas perseguidas pelo predador, pelo caçador.

Os homens vivenciam outro tipo de violência: os homicídios de rua a golpes de machado, a facadas, a pedradas, às vezes o assassino é uma criança.

Falo de Bruce, Brahim não parece chocado com o ser que lhe descrevo e que chamo, desdenhosamente (meu ciúme), de “a entidade”, como se não ser uma menina “de verdade” nem um menino “de verdade” fosse um defeito e anunciasse o fracasso da relação dos dois; tenho vergonha das minhas palavras, Brahim lhes é indiferente, minhas palavras não existem.

Coloco a mesa, sirvo o jantar e desapareço no jardim, não tenho fome, deixo-os juntos, o pai e o filho, não quero ouvir a história do primeiro dia de Erwan nem a descrição de sua nova amiga, Bruce fará sua aparição no fim do relato, buquê final dos fogos de artifício. Erwan percebeu meu ciúme, brinca com ele, vinga-se do nosso verão solitário, da dupla que formávamos, dos nossos dois corpos lutando com a natureza e meus demônios. Erwan acredita, sem dúvida, que Bruce o salvará de mim.

Perder-me nas ramagens, nunca mais voltar para Brahim e Erwan, remontar às raízes, correr sob Argel nas passagens subterrâneas da guerra, os canos pingando, as águas sujas, entre os ratos, tudo, menos assistir aos elogios a Bruce.

Vontade de gritar: "Você nem a conhece".

A casa iluminada, as silhuetas do meu homem, do meu filho, os quartos vazios, a sala atrás da janela envidraçada, vejo-me como um assaltante que admira suas vítimas do jardim antes de atacá-las. De noite, o perfume do jasmim é mais agressivo, inebriante, desviado, as flores se transformam em veneno para quem quiser arrancá-las. Estou bêbada de vinho e de inveja, não tenho nem a juventude nem a beleza de Bruce e não sou a mulher que meu marido espera.

Erwan pendurou a estrela de xerife na sua camiseta. O pai de Bruce trouxe-a dos Estados Unidos, onde costuma ir a trabalho. Admiração pela família de Bruce. Eu não supero, tenho de crescer, meu filho é mais maduro do que eu: ele fez um amigo, enquanto eu falo com minhas plantas, com os peixes que vou estripar antes de cozinhá-los, com minhas tortas, quando crescem douradas, mágicas, atrás do vidro do forno.

A dona de casa.

A boa mãe e a má mãe.

A amante dos amantes inventados.

A mulher das roupas enormes.

As mãos de Brahim me pressionam; depois do banho, ele me faz perceber seu desejo e me deixa pouco à vontade, ele é muito direto, muito "real", só vejo ele, nenhum personagem se interpõe entre nós, meu gozo será fingido, terei a impressão de me trair.

A mecânica das palavras é perfeita, elas saltam do meu pensamento para o papel. Duplico o real, construindo uma casa que não é a nossa, inventando uma família que não é a minha, confundindo os cadernos e a realidade. Quanto mais escrevo, mais nos tornamos hologramas de nós mesmos.

A doença da escrita é comparável a um ataque de raiva do qual não conseguimos nos livrar.

Não escrevo mais para minha família, meus pais, meu irmão, o caderno levou tudo, ele é o fogo que devasta as paisagens, reduzindo-as a cinzas, minha família não existe mais, eles estão atrás, na França, esta França que se distancia do continente africano e nos esquece. Espero trabalhar no liceu, acredito nas instituições, nos símbolos: a Aliança Francesa, o Centro Cultural, a embaixada. Ainda sobrevivem refúgios se a revolução vier a eclodir. Nós seríamos as primeiras vítimas, eu a estrangeira, Brahim o traidor. Seria preciso partir daqui. Não tenho nem coragem nem força para isso. Meu corpo pertence à terra das flores da Argélia.

Verifico a porta do jardim, da garagem, a suavidade do ar vem do veranico.

Na garagem, os carros e as relíquias do nosso passado; é o compartimento mais quente da casa, por causa dos canos, dos motores quando acabamos de estacionar, da caldeira a gás. Ela me faz pensar em um recinto sagrado, de onde viria o fluido da casa, pulmão central que nos alimentaria de ar, energia, magnetismo.

Sinto a presença do Edifício Shell, como se ele fosse um homem, um gigante, sinto suas milhares de janelas cintilando, todos os corpos que abriga, entre os quais o de Bruce. Um dia Erwan irá para lá e eu não o encontrarei mais. A floresta que o percorre é densa, resinosa, diz-se que casais costumam se encontrar ali para viver seus desejos, como os párias que a cidade julga, expulsa. A natureza é a única mãe aqui; em seus leitos de folhas, as carnes se esgotam.

Erwan adormece no sofá, os braços cruzados sobre o peito como se quisesse proteger sua estrela de xerife. Tenho que me adiantar a Bruce, surpreendê-la, sugerir que Erwan a convide, preferindo-os sob minha vigilância do que no covil do imóvel moderno, construído em arco circular, desafiando a cidade, o mar, por sua grandeza, sua estranheza; depois desisto da ideia, detestando a imagem de Bruce no meu jardim, subindo nas árvores, pisando nas flores.

A noite lilás, antes do amanhecer, ouço o chiado das borboletas queimando suas asas ao contato das lanternas acesas, um barulho mais embaixo na rua que soa como um tiro disparado por uma arma de fogo, com o cano tapado para abafar o som da detonação. Argel se desdobra em outra direção, segundo lado de um mapa que revelaria uma topografia até então desconhecida.

"Um dia algo vai acontecer" é a última frase que digo para mim, em silêncio, antes de fingir. Brahim beija minha barriga, minhas coxas, meu sexo.

Acompanho Erwan com o objetivo de surpreendê-lo com Bruce. De manhã, a nova amiga não aparece; eu a imagino atrasada ou no pátio, deixada por seu motorista impaciente, aguardado. Quando vejo Erwan subir as escadas no meio dos outros estudantes (que não falam com ele, não o notam), imagino-o correr para Bruce, se lançar em seus braços; saio rapidamente, incapaz de enfrentar o quadro que acabo de criar. Nada suporto, nem eu à frente da escola, nem meu filho dentro dela, na companhia da Outra.

Não ver Bruce não me causa arrependimento, mas sim ódio, ela me impõe sua ausência, permanece invisível, como se eu não a merecesse.

Deixo a escola, desço de carro em direção à cidade, dirijo com rapidez, em rota livre, tão sozinha, Brahim está na sua fábrica de papel, Erwin na sala de aula, eu poderia desaparecer, pegar a auto-estrada para o deserto, em direção ao Níger — quem pensa em mim neste instante? Ninguém.

No correio de Hydra, um pacote da França, perfume, roupas de criança, um jogo de tênis de ligar à televisão para Erwan, uma carta da minha mãe que lerei na diagonal; ninguém sabe da falta de liberdade, nossos telefones estão grampeados, não devemos falar de política, dos desaparecimentos, da nova milícia religiosa, ninguém sabe o que nós estamos passando aqui sem dizer nada, o que nós sofremos, ninguém sabe como a juventude foi destroçada e não vai voltar. O mar é uma barragem contra o resto do mundo, isolando-nos, empobrecendo-nos.

O céu é atravessado por faixas brancas, as nuvens formam figuras geométricas, dispersas e depois ordenadas por uma força superior.

Sob as arcadas do bulevar Zirout Youcef, caminho em direção à área de pesca: as vozes dos trabalhadores do porto, o cheiro de gasolina, de peixe, o sol que cai obliquamente sobre os cais, os contêineres, as redes, a intensa atividade reanima minha pulsão de vida, de repente me sinto leve, ao abrigo, na louca beleza de Argel, meu amor, no coração da floresta dos homens que não me olham, cumprindo suas tarefas, exaustos pelo trabalho, embriagados de luz; o mar fragmenta os raios de sol que os iluminam.

A submissão de Brahim amplia meu sentimento de tristeza. É impossível admirá-lo e essa falta de admiração reflete em mim o que eu escolhi, na época, entre os estudantes argelinos na França. Sua doçura me tranquilizava, hoje ela é um defeito.

Os estivadores, que fogem das minhas cenas imaginárias, erguem as caixas, os contêineres, prendendo as empilhadeiras às correntes, arrastando as mercadorias dirigindo os guindastes. Seus corpos brilham de suor e são negros de poluição.

Minha dupla personalidade: a mulher e a contra-mulher que procura confusão, exige-a, aquela que tem necessidade da violência para sentir seu sangue correr. Fico incomodada, saio do porto e entro no carro. Minha blusa branca está manchada, suei. Ouço meu coração e meu ventre se abrir; posso me oferecer imediatamente, ao primeiro que chegar, sou uma alma condenada.

Não vivo nada, fantasio tudo.

Fora de Argel, no "pequeno" campo, a natureza é doce, comedida, do meu tamanho. Deito-me em um campo de papoulas, o vermelho das flores, o verde do mato, sou apaixonada pela terra, pelas fendas que a lama faz quando seca, pelo canto do rouxinol, pelo gosto das folhas de hortelã, de endro, pela espiral do vento que sobe e refresca, pelo cheiro da madeira, dos arbustos, das moitas, de tudo que é seco e crepita quando o fogo começa.

Eu sou o fogo e nada queima. Sou o duplo da natureza, tão terna, tão violenta quando desafiada.

Blusa branca, saia azul, sapatilhas vermelhas, sem ter essa intenção, uso as cores da bandeira francesa.

Deitada, tenho a vertigem do céu, caio nele, de costas, uma fileira de formigas corre do meu tornozelo à panturrilha esquerda. A natureza é minha casa-forte.

As picadas de formiga deixam pontos de sangue na pele. Prefiro me entregar aos insetos do que à crueldade (imaginada) de Bruce.

Gostaria de poder dizer a mim mesma "eu te amo", não posso, nunca consegui, mas acho importante saber dizer a si mesma o seu amor, livre, de você para você mesma.

Ontem, Brahim me agradeceu depois de ter gozado, como se tivesse se servido de mim, do meu corpo, o utensílio — já fiz tanto com ele.

Há quanto tempo não pronunciamos esta frase "Estou apaixonado, apaixonada por você"?

O uso da vida, o esquecimento do amor, a onipresença da ideia da morte.

A consciência da tragédia é o fim do sonho e da poesia.

Pensar na morte continuamente significa alimentar uma grande tristeza e uma grande desesperança.

Tenho ciúme de Bruce, do que ela é, da sua força, tenho ciúme da mãe que a trouxe ao mundo e que a educa assim, livre em sua selvageria. Quem é esta mulher? Erwan é tão clássico. Uma criança deveria ser um enigma. Invejo a mãe de Bruce. Tenho vergonha de escrever esta frase.

Volto à cidade, praça de Hydra, açougue, padaria, a autômata não amorosa, mas a dona de casa. Meu corpo é transparente, sinto-me atravessada pelos outros, como em um episódio de *L'Homme Invisible*[11]. A cidade não me terá dado nenhum *status*, meu lugar é em casa, minha sensualidade na natureza, no oco das ondas, como fazer a ligação entre aquilo que sinto e o que eu mostro aos outros? Teria que me abrir, fico em segundo plano.

---

[11] *L'Homme Invisible* refere-se à série de televisão norte-americana *The Invisible Man*, que foi ao ar nos Estados Unidos entre setembro de 1975 e janeiro de 1976.

Uma segunda visão de Erwan e Bruce confirma meu sentimento: esta amizade será devastadora. Tenho medo que Erwan se apaixone, o que seria se apaixonar por um menino — sinto vergonha por isso. As duas faces de Bruce, a de menina e a de menino, prendem meu filho, revelando uma parte dele que não seria revelada se Bruce fosse "normal". Sou tacanha, má, intolerante, consciente também de que todos os pretextos são bons para manter Erwan ao meu lado; ele substitui a parte que falta do meu coração.

Como se soubesse, Bruce não se aproxima de mim, cumprimenta-me de longe, Erwan se volta, observa-a até o momento que ela desaparece no carro que a aguarda. O motorista não desce. Bruce usa uma camisa militar com um calção cáqui, tênis brancos de cano alto. Suas pernas são muito finas, as coxas já bem torneadas, seu corpo é atlético e magro ao mesmo tempo, devido a exercícios físicos e talvez a privações.

O Citroën desliza em direção ao Edifício Shell, navio fantasma dirigido por um homem misterioso ou pela mãe de Bruce, que se recusa a descer do seu carro, altiva, como sua filha, ser superior que terá sabido fazer fundir um gênero no outro, procedendo à maneira de um químico que encontrou uma fórmula que a tornaria única. Nunca conheci uma criança à sua imagem, nem menina, nem menino, Bruce inventou uma terceira identidade — identidade fascinante, estranha e perturbadora. Eu me pergunto que tipo de mãe deposita tamanha confiança em seu filho ou que tipo de mãe abandona a esse ponto seu filho, deixando sua natureza nociva se desenvolver, invadir, como um broto duro, seco, tecido com caules e pétalas de flores raras. Bruce seria este talo nascido da beleza, uma espécie de arrebatamento, desperdiçado, desviado. Ela não me comove, assusta-me. Bruce arruinou a promessa do seu charme.

Tomo o caminho oposto ao da nossa casa, desço em direção à cidade, que eu chamo de profunda, pois está aninhada entre a parte alta e o porto, como se entrássemos no interior de um ventre, rua Didouche Mourad. Quero dar a Erwan um presente da Drugstore, a nova grande loja de brinquedos.

Na multidão dos homens, a mão de meu filho na minha mão, nossa resistência é frágil diante da sucessão de corpos que se deslocam de acordo com a orientação do chão.

A Drugstore é uma loja do Estado aberta para acalmar a frustração dos habitantes, das famílias, ela fechará as portas um dia por falta de exportação, aqui não tem nada, a não ser o vento contra as pedras. Solto a mão de Erwan, observo-o avançar em direção à seção dos jogos ditos educativos em madeira, em metal, em papel, ele escolhe um mini-esqueleto de plástico macio para montar, metáfora, no meu delírio, da morte anunciada da nossa relação.

O centro da cidade, coração louco que arrebata o meu. Fico comovida com a vida dos homens e das mulheres, vida que se debate, luta, dispersa-se, ressurge nos vãos do jardim de Essai, estufa a céu aberto, exótico, botânico, semelhante às ilustrações da minha infância. A cor do céu, mancha de tinta laranja, uniforme, viciante, ressuscita uma parte da felicidade perdida — de novo, eu sei: algo vai acontecer.

Praça de Hydra, compramos o material que estava faltando, Erwan, ar ausente, estende sua lista amassada, mal escrita, lista de cadernos, lápis, instrumentos de medida, régua, compasso, esquadro, ele segura seu brinquedo contra a coxa, impaciente para construir o pequeno esqueleto da China, ele, a criança vivaz, o Rio amoroso.

Bruce também é filha de mãe francesa e de pai argelino, única razão, talvez, para a aliança entre os dois. No caminho de casa, imagino que todos os carros que nos seguem são os pequenos Renault 8 do homem que nos seguiu na estrada da praia. Meus medos provêm de uma falta que cometerei, punindo-me por antecipação — uma força desconhecida me hipnotiza. As mulheres continuam culpadas.

A presciência do que não sabemos ou a demência de uma mãe contaminada pela demência dos outros?

O muro da nossa casa é roxo de glicínias, elas são tão loucas quanto os meus pensamentos, deixo-as corroer a pintura, devastar o reboco, a seiva é rainha. O jardim é pacífico, sonolento, as folhas de palmeira da pequena árvore de Bou Saada inclinam-se em direção à terra, tentando se conectar a ela.

Erwan pede permissão para usar o telefone; sem esperar minha resposta, retira o aparelho do gancho e disca um número. Sei que ele chama Bruce, eu deixo, observo-o do terraço, por detrás, ele mal fala, estou muito longe para entender o teor da conversa deles, mas posso ler em seu corpo o desconforto, o riso, a impaciência e o silêncio, serpente que o cerca, o aperta, o sufoca. Erwan permanece congelado — imagino Bruce entoando salmos satânicos, tocando um instrumento, encantadora de serpentes, hipnotizando meu filho à distância, do grande edifício moderno e, arco erguido acima da cidade, referência dos aviões noturnos, até nossa casa branca de grades de ferro fundido, recinto tranquilo que Bruce virá desordenar, pilhar como pilhará a reserva de amor e ternura que construí para meu filho, certa de que vale mais se armar de doçura do que de violência, teoria que terá falhado comigo. Mas nada me proíbe de desejar a Erwan uma existência melhor do que a minha, de esperar que ele se torne um homem feliz, de acreditar em sua boa estrela, eu que nasci sob um astro que nenhuma luz ilumina.

Queimar as penas do frango na chama do fogão a gás, espalhando o cheiro de frango assado pela casa, o das chalotas, do ramo enfeitado, odores tranquilizadores que me remetem à infância quando eu olhava minha mãe cozinhar, infiltrando nas carnes, nos peixes, nas massas, nas farinhas, o amor que ela não conseguia exprimir, amor contido, bomba que não explode. Minha mãe me lembra uma árvore cujos ramos floridos foram serrados, uma árvore aleijada, ela mesma privada, quando criança, do vocabulário da ternura; certamente me falta equilíbrio, admito, mas não repliquei, resisti, detonei a bomba, cobrindo Erwan de gestos, de palavras. Erwan, o Adorado.

Na língua, o vinho das encostas de Mascara, encostas torradas pelo sol, sacudidas pelos tornados, eletrizadas pelos relâmpagos das tempestades. O tumulto da terra escorre pela minha garganta, toma-me, inunda-me de prazer. Sou o cacho e o açúcar da uva.

O frango assa no forno: sua pele infla, faz bolhas, pele revestida pela própria gordura e pelo azeite que o tornará crocante — ilusão de felicidade doméstica que me tranquiliza, fundei uma família.

Os sussurros da vida contra os cantos da morte.

Erwan, em seu quarto, pleno de Bruce, estou sozinha, espero Brahim sem esperá-lo, o vinho é um amigo, um companheiro fiel e sábio.

A banda Electric Light Orchestra no nosso aparelho de som hi-fi Hitachi, sua canção *Telephone Line* me faz pensar na chamada telefônica de Erwan para Bruce, na misteriosa conversa silenciosa que tiveram.

Como Erwan, quero me apaixonar.

Não quero morrer e, no entanto, minha vida de tédio tece os fios do novelo da morte. Não sou nada e me tranquilizo em pensar que todos nós aqui, nesta Terra, neste mundo, não somos nada.

É preciso construir sua vida, fazer dela uma obra só sua, única, pouco importa seu tamanho, sua beleza, ela tem que existir; a vida, efêmera, como a de uma borboleta, esticada, mas cujo desfecho é o mesmo. Não estou construindo nada para mim, a não ser um muro entre Erwan e os outros. Quero tanto protegê-lo e vou perdê-lo por essa razão.

A mãe-polvo.

Meus pensamentos sombrios redobram quando fico longe de Erwan. Sem ele, dou os passos de uma dança macabra, a imagem de um esqueleto dançando sob a hera, planta lúgubre, refúgio dos roedores, das aranhas.

Erwan está em seu quarto, não ouso perturbá-lo, ele está crescendo, sua privacidade logo será a de um jovem.

Olho o meu frango atrás do vidro do forno, ele gira sobre si mesmo, no espeto, eu o rego com molho de alho e limão, esmigalho o ramo guarnecido sem me queimar, meus gestos são perfeitos, afinados, tantas vezes realizados. Vejo neles uma espécie de amor equivocado pelos animais, sublimando-os, embalsamando-os, forragem de tomilho, louro, sálvia, reunião de gordura, sal, especiarias, vestidos, ornados, procuro ser perdoada pelo sacrifício e pela festa.

O fio que prende meu filho à refeição que lhe preparo — continuo sendo a mãe do leite, da carne —, Bruce não conseguirá reverter este apego.

Contraste entre a beleza e a miséria, o poder da natureza e a profundidade do tédio; trama-se uma revolta popular contra o governo aqui em casa, trama-se uma sublevação entre os membros da família; somos influenciados pela história da Argélia, fazemos parte dela, vamos nos deixar arrastar por suas torrentes, seus redemoinhos.

Nas escadas do terraço, ajudo Erwan a montar o pequeno esqueleto chinês, espantando-me com o grande número de ossos que supostamente nos constituem. Começamos pela caixa torácica. Para encaixar as costelas, a coluna, a cabeça e a bacia, é necessário aquecer a extremidade dos ossos com a chama de um isqueiro; derretidos, eles se colam, se soldam. A operação é delicada, o brinquedo é de má qualidade, o esqueleto vai desmoronar, mas isso não parece atingir Erwan, que, sério, comenta: "Você sabe que chamei Bruce". Não reagi.

Brahim ficou preso na fábrica; jantar a dois com Erwan, não falamos nem da escola, que ele retomará em dois dias, nem de Bruce, mas sim do céu que não tem limite, do infinito impossível de ser representado, do movimento das ondas, da eternidade.

Nosso casal se refaz, como a cauda do lagarto logo depois de seccionada.

A natureza do vínculo é mais forte que a natureza do amor, que continua sendo uma ameaça — o amor de um estranho não se adquire, eu o comparo a uma montanha que é preciso escalar e cuja encosta se desce sem podermos permanecer no topo por causa da vertigem que sua altura provoca.

Sozinha no jardim, Erwan adormecido, apago as lanternas, checo a porta da garagem, Brahim estacionará seu carro do lado de fora para não nos despertar, ouço a explosão de fogos de artifício, crianças brincam sem vigilância, livres como meu filho jamais será.

O esqueleto chinês colocado sobre a mesa da sala está desarticulado como se tivesse começando a andar atrás de nós, tropeçando, caindo. A obsessão pela morte anuncia uma ruptura ou um renascimento?

Na frente do espelho do banheiro, retiro a maquiagem; meus olhos, minha boca, minhas bochechas. Minha pele sente falta de beijos, minhas mãos sentem falta de abraços, meu ventre aguarda o gozo, pareço ter me tornado um corpo vazio, uma carne a ser tirada, um esqueleto a ser desossado, o brinquedinho da Drugstore.

A janela do quarto está aberta. Sonho com o jardim avançando, empurrando a casa, estendendo seus ramos, suas trepadeiras, suas raízes, seus cipós, ele sobe, penetra e floresce no interior de mim.

3

Direção Tipasa. O mar aparece assim que saímos de Argel, ele tomará meu corpo, o recuperará. Brahim, o argelino, de camisa azul, usa óculos escuros pesados, dirige com uma mão, fuma com a outra, observa Erwan pelo retrovisor, sorri para mim, olha para a estrada. O que ele estará pensando? Os dias de melancolia nos afastam, ele não se queixa, sofre, ou foge para outros sonhos nos quais não sou convidada, dançando sozinho ou talvez com outras mulheres. Não tenho ciúme, isso não existe. Nosso carro é um trem veloz que se inclina de curva em curva, o céu nos protege, não se trata de um deus, mas da forma das nuvens. Anjos de olhos azuis quando o azul as atravessa.

Os ovos cozidos na geladeira.

A Mouzaïa (água com gás) e o vinho rosé. A salada de arroz e tomates.

As laranjas sanguíneas da praça de Hydra.

A melancia redonda, sensual — barriga de uma mulher.

Sal e pimenta em um saco de papel. A faca para os ouriços-do-mar.

Fatias de limão.

O pão.

Os *donuts* com açúcar e flor de laranjeira.

A barraca de praia de triângulos azuis e amarelos.

As máscaras, as nadadeiras, os *snorkels*.

A canoa alaranjada, seu remo e seu inflador sanfonado que deve ser acionado com os pés.

O cheiro da borracha misturado ao cheiro de *spray*.

As rochas como ilhotas separadas da margem.

A dona de casa, a mulher fugitiva e logo, logo, a banhista.

Preciso registrar tudo, eu, que me afasto da realidade, caminhando na sombra das árvores e dos monumentos. As palavras são as testemunhas do que vivo, do que invento; fotografias polaroides de meus pensamentos, elas me tranquilizam quando não consigo me encaixar na normalidade. Como Bruce, sou uma criatura de um mundo paralelo e fechado. Bruce me assusta tanto quanto eu me assusto.

Às vezes Brahim coloca a mão na minha coxa, em seguida a retira, sem nenhum gesto da minha parte, a não ser o de baixar a minha saia; nossas peles não respondem à claridade do dia, só a noite abre, autoriza o desejo.

Fantasia de nunca mais regressar a Argel, de prosseguir na rota do mar, dirigindo-nos para sua fonte, pois ele começa em alguma parte. Imagino-o brotando de uma falésia africana, água doce e borbulhante que se transforma em água salgada ao contato com as algas e o lodo.

As mãos do meu filho em torno do meu pescoço, ele poderia me estrangular, eu o deixaria cometer seu crime sem me defender. Erwan tem todos os direitos, Brahim não tem mais nenhum, a não ser aqueles que eu lhe delego: quando permito que seu desejo se misture ao meu em nosso quarto. Não tenho sensualidade no exterior — sensualidade social dos casais comuns.

As brasas do verão torraram o matagal, as árvores, a barreira vegetal que separa a estrada e o penhasco do mar, único objeto do meu desejo. Os vendedores de narcisos, margaridas, de cestas de vime, cumprimentam-nos, dirigimos rápido demais para parar. Brahim os despreza: eles conservam a infância dele entre as suas mãos.

A canoa indestrutível vai navegar nas ondas de Zeralda, de Figuier, de Chenoua. Penso nos homens em sua frágil embarcação, que não sonham nem com a glória nem com a fortuna. A liberdade é sua única loucura.

Livre eu não sou, sem dar atenção para o homem que eu deveria cuidar como prometera em nossos primeiros beijos, traindo minha palavra, minha juventude, nosso futuro. Só um acidente me arrancaria das minhas mentiras, da minha loucura. Toda viagem de carro me traz de volta à primeira viagem, quando deixei minha terra natal pelo país que devia salvar, que devia me salvar; quem sou eu aqui?

O mar é uma mulher que se parece comigo, não é de ninguém, seu rosto muda e se trai. O Mediterrâneo, território da loucura, estático, apesar de suas tempestades, nunca recua como faz o oceano, que desfaz seu rastro para se reinventar.

Brahim: "Perguntaram aos vizinhos sobre nós. Um homem queria saber se você trabalhava, se tinha ligações com a embaixada francesa, se eu falava árabe com nosso filho". Os vizinhos responderam que não me conheciam direito, que parecíamos ser uma família tranquila, sem história.

Joan Baez no rádio do carro, canção dos anarquistas, enquanto Erwan acredita que ela esteja cantando o amor: "*Here's to you Nicola and Bart, rest forever here in our hearts*".

A consciência política de uma mulher do lar — faltei ao meu compromisso, vendi-o por "uma existência sem história", como informaram nossos vizinhos. A paixão da minha juventude deverá eclodir em outro lugar, transmutada em um outro combate, cujo nome, cuja forma ainda ignoro. Ninguém se desfaz do grito da revolta, das facas da injustiça, do sangue dos mártires.

Erwan, impaciente, pergunta as horas, parece inquieto e feliz, como acontece muitas vezes; a infância atravessa campos que não conhecemos mais, povoados de bruxas e fadas, antes que a adolescência chegue e imponha os impulsos do corpo, os perigos do coração. Gostaria tanto de protegê-lo do sofrimento, do sofrimento que inventamos, do sofrimento que recebemos.

A luz de uma miragem na estrada, uma barreira d'água que desaparece quando a atravessamos. As primeiras ruínas romanas surgem sob os pinheiros, guarda-sóis que as protegem, vestígios de uma arena como se um obus tivesse explodido, espalhando as pedras ao pé das árvores, sobre os tapetes de flores, coroas roxas, rosas, brancas, carmins; a natureza é o cemitério da História. As almas rodopiam entre as cobras adormecidas, sugando o suco dos juncos, elas reinam sobre a terra dos besouros e das joaninhas. Tipasa é uma aparição. Colunas e banheiras, vãos e dutos, escada e mirante, cacos de bacias, de ânforas, marcas de paredes cujas laterais rolaram, detendo-se diante da praia, congeladas pelos anos, devoradas pelos fósseis das conchas, agarrados aos fragmentos da cidade antiga, vigia do mar dos navios.

Imagino o som das vozes, a corrida dos corpos, o ruído das armas, o estrondo dos vagalhões nas noites de espera e nos dias de esperança.

Nossa enseada é secreta, distante do enclave organizado, familiar. O caminho se cumpre a pé, sob a copa das árvores, célula úmida de resinas viscosas, cujo fragor provém da fricção das asas dos grilos. Penetramos na câmara do Mediterrâneo, lugar que poderia ser o dos corpos nus, imagino as carnes misturadas, cobertas de lama, picadas de agulhas de pinheiro, recobertas de pétalas de violetas cujo desejo se assemelharia a uma luta. Brahim vai na frente, eu vou atrás, nosso filho no meio, avançamos como contrabandistas. Uma escada liga a terra ao rochedo da enseada, Erwan, ágil, se estica e me estende a mão — ele ainda não me esqueceu. A areia da enseada é dourada, com rochas que servem de proteção. Os elementos construíram, poliram um recinto, cuja existência só nós conhecemos, descoberto em um outono, quando buscávamos azevinhos e cardos fora das trilhas demarcadas.

Na praia, o corpo de Brahim volta-se para o meu; sob as palmas das minhas mãos, sua barriga, seus ombros, permito seu abraço e suas mãos, camisa de força de seda envolvendo meu corpo despido. Saio da minha noite.

Mergulhar no mar, trazida de volta ao meu estado original, horizontal, flutuante, lembrança da minha mãe em uma praia da Bretanha, as mãos nas costas perscrutando o horizonte como se ela esperasse o regresso de um marinheiro, da felicidade; e se ela me tivesse transmitido a doença da melancolia com a cor de seus olhos, suas sardas, seu corpo atlético? Sob mim agitam-se a fauna e a flora marinhas em um espaço tão povoado quanto a cidade de Argel, a água é profunda, imagino crateras submersas, valões de areia, buracos de lama, naufrágios, ossos, afogados, náufragos, fantasmas do mar.

De costas, me desviando para o mar alto, ouço o ruído do meu sangue, do meu coração, da minha respiração — sinfonia interna, poderia me deixar à deriva tão longe quanto possível, não voltar, aportar em uma ilha, refazer minha vida. Em meus devaneios, não escuto Erwan me chamar da beira da praia.

O voo dos pássaros entre as faixas deixadas pelos aviões de carreira, eles seguem um corredor traçado em direção à África, corredor que me bastaria tomar, se tivesse asas, para fugir, para me salvar.

Fecho os olhos contra o sol, a água é quente, cruzo meus braços. Brahim deve estar às voltas com a organização do nosso espaço, calçando a barraca de praia com pedras, nossas toalhas de banho dobradas, imaculadas, na areia, ele, com seu calção de banho listrado, suas nádegas e suas coxas fortes, musculosas, ele que poderia ser confundido, por causa de sua barba, seus cabelos cheios, grisalhos, com um Robinson hollywoodiano de quem Erwan seria o companheiro de armas.

Nossa enseada é uma das minhas raras felicidades argelinas, aqui sinto-me segura porque estou esquecida; ninguém espreitando nos arbustos, o caminho serpenteia entre as árvores invisíveis da estrada nacional, a praia é de difícil acesso.

Debaixo d'água, paisagem nebulosa de corais, algas, cabeleiras verdes, marrons, musgos redondos, pegajosos, colados nas rochas, abóbadas quebradas de um reino que teria sido sitiado; ouriços-do-mar, numerosos, fazem pensar nas castanhas. Sinto falta de oxigênio. Subo à superfície, nado em direção à margem, ainda sem ouvir Erwan me chamar, batendo a água com os pés como se estivesse no nado livre, respirando em dois tempos, sem perder a velocidade, esperando a admiração do meu filho.

As traições mais cruéis são talvez aquelas que menos se espera.

Aproximo-me da beira, Erwan não está sozinho, uma criança e uma mulher estão ao seu lado, ele faz sinais largos na minha direção. Reconheço a silhueta, o rosto de Bruce, seu ar desafiador. Ela atingiu seu objetivo, ganhar a confiança de Erwan e o endereço da nossa enseada.

"Catherine Bousba.

— Michèle Akli.

— Você conhece minha filha, Bruce, não é?

— Sim."

Não conheço Bruce, eu me submeto a Bruce, à sua força, muito maior do que parece. Ela escolheu meu filho, não posso lutar. Por que Erwan? Por que o Rio? Sem dúvida porque é preciso livrá-lo das garras da infância e não tenho coragem de deixá-lo voar para longe. Bruce fará o trabalho para mim; e o fará bem, imagino-a conscienciosa com Erwan como é com ela mesma, perfeitamente disfarçada.

Mãe e filha à beira d'água, dois corpos de quartzo, as peles brilham com milhares de gotinhas escorrendo dos ombros aos tornozelos. Elas acabam de se molhar, chegaram cedo, o orvalho cobria as folhas das árvores da floresta, elas se acreditavam perdidas diante da escada, diante do deslumbramento, do espanto. Ninguém pode esperar uma surpresa daquelas da natureza, um presente dos deuses — beleza de lugar, o mar como encravado, península deserta, recinto desconhecido, abrigado do vento, da arrebentação por muralhas que se tornam ternas quando acariciadas, rochas surgidas do magma, polidas no curso das tempestades, dos temporais. Elas se instalaram na extremidade, não querendo atrapalhar (mentiras), escondidas atrás de uma rocha. Eu me culpo por não tê-las visto chegar, de não ter me preparado para este encontro, revelando meu desconforto, minha fragilidade, a alma nua e desarmada. Catherine Bousba leu em mim como Bruce lera em mim no dia do nosso primeiro encontro.

A emboscada.

Sinto ódio de Erwan.

Catherine, tocando meu ombro (quem ela pensa que é?), agradece-me pelo endereço secreto.

A mulher corajosa que eu sou.

Bruce com seu sorriso de lobo.

A natureza se derrete toda ao meu redor, precisaria de um corrimão para me apoiar, de uma base na qual me sustentar, vacilo.

Ao fundo, Brahim, debaixo da barraca de praia, fuma e observa a cena como se fosse um personagem secundário, imagem-testemunha que não deixará o espaço que ocupa, não cumprimentando nem Bruce nem Catherine Bousba, aguardando meu sinal, por medo de se intrometer em um assunto que não lhe diz respeito, um assunto de mulheres, de mães. Catherine escolheu seu alvo, Bruce escolheu o seu. Estamos, Erwan e eu, nas mãos delas.

Bruce não tem nada da sua mãe loura, mãe-atriz, mesmo que ela não seja. Acho-a parecida com Catherine Deneuve por mimetismo, identificação (o prenome) ou simplesmente por sua beleza — beleza da nossa época, de nossos anos Setenta. Seus cabelos compridos caem em cascata de um lado do rosto, usa finas correntes de ouro no colo, aliança simples, um pequeno relógio de luxo, suas unhas das mãos e dos pés são pintadas, vermelhas na água límpida. Seu traje de banho é um biquíni negro, amarrado nas laterais. Bruce está na sua frente, com o braço na sua cintura, ela é seu companheiro, seu amante, seu soldado, ainda que esta mulher não deva precisar de ninguém que a defenda. Ela apostou no lugar, na enseada, na beira d'água, logo no Mediterrâneo, selando sua marca como as conchas nas colunas romanas.

Bruce usa um short apertado que vai até o meio da coxa, a pele do seu corpo é mais bronzeada que a pele de seu rosto, sua barriga é a de um menino, ela é mais bem feita do que Erwan, por enquanto (meu ciúme).

Meu filho não me segura nem pela cintura nem pela mão, cava um buraco com o pé, levantando o plâncton, o cascalho, destruindo à sua maneira a paisagem paradisíaca, ele está embaraçado não por Bruce, mas por Catherine Bousba. Ela não oscila, não tropeça, não treme, vertigem de perfeição, de equilíbrio, eu poderia traçar linhas como aquelas que ligam uns planetas aos outros nos livros de ciências, testa, clavícula, umbigo, quadril, joelho, tornozelo, a graça evolui em cada parte do corpo. Ela não é nem grande, nem pequena, seu corpo é talhado para o desejo dos homens, das mulheres, nos fulminando desde o primeiro olhar, como se ela nos lançasse no rosto punhados de pétalas de rosas e de cristais.

Dois papéis para a atriz — a amante ou a rival, enquanto sinto meu corpo afundar na areia úmida, perdendo os centímetros, curvando-

-me para obedecer à sua voz, aos seus olhos azuis crivados de laranja, Catherine Bousba, a extraterrestre, e sua filha-menino. "Estamos perdidos, Erwan", digo para mim mesma, sedenta, capturada. Penso em nós como náufragos. Preciso de Brahim, que ele venha me procurar, me levar de volta para ele, ficarei aos seus pés, na toalha de praia, como um cão que não quer deixar seu dono, mas eu já o deixei, o destino se cumpre e eu me submeto a ele.

Catherine mergulha, seguida de Bruce, peixe-piloto que se coloca sobre seu corpo, elas navegam em dupla para longe, Erwan segue-as, também ele cachorro, que não conseguirá acompanhar a cadência. Elas não o esperam, não olham para trás, sabem que ganharam, comemoram sua vitória com uma gargalhada que engole as falésias, o sol.

Argel abrigava esta mulher e eu não sabia.

Minhas torres de guarda no jardim da nossa casa e a sombra que paira do seu edifício durante todos estes anos.

Só o vinho pode libertar.

Embaixo do guarda-sol, mendiga da enseada, destronada do meu reino, observo as duas nadadoras voltarem para a praia na direção de Erwan, que fez meia volta, esperando sentado na beira d'água, menino pequeno que não parece a idade que tem. Brahim entendeu, sorri, acreditando ser a minha força, ele também vai cair. Deixo que ele me beije, que seja o homem e o amante, nossa mentira não se sustenta, tentando retomar o lugar e o fio da nossa história; nosso filho corre de costas para o perigo.

A doçura de Erwan perto de mim, não o censuro mais, perdoo-lhe, ele se parece tanto comigo. Catherine e Bruce a alguns metros, como se eu as tivesse na mira de uma carabina.

O efeito do vinho, da melancia, o estalido dos caroços sob meus dentes, a enseada torna-se um pergaminho, eu sei onde se encontra seu tesouro: Catherine está deitada sobre uma pedra, o sol voltou, ela se abre para ele, absorve sua luz e sente prazer.

O corpo de Bruce é um mistério: a criança mudou a ordem das forças, o sentido do sangue, da linfa, desequilibrando o que recebeu ao nascer, inventando seu próprio equilíbrio, sua segunda natureza.

Eu a observo arremessando seixos que ricocheteiam — o traçado de seus músculos, a potência de seus ombros, a delicadeza de seu esqueleto: a estrutura de seus ossos a trai e ela deve sofrer com isso. Eu rio, minha vingança se trama assim, por pensamentos envenenados. Erwan se junta a ela, ela o agarra pelo pescoço (o cão, de novo), visão insuportável de dois meninos abraçados.

O vinho, camisa de força me impedindo de me levantar, de separá-los, de desfazer o elo maldito. Bruce continua sendo uma criatura, não tenho percepção alguma da sua feminilidade, nenhuma imaginação. Bruce está só no mundo, Erwan não será seu modelo, mas seu sujeito, experimentando o corpo do meu filho para absorver sua virilidade.

A luz muda, os personagens da enseada seguem seu movimento circular, cada um se deslocando para um objeto, Catherine se levanta da pedra, Brahim deixa nosso guarda-sol, Erwan se afasta de Bruce de forma muito abrupta. Pego uma faca, minha máscara, uma linha para os ouriços-do-mar.

Embaixo d'água, o universo é ampliado pela lupa da minha máscara de mergulho, prefiro o mar à terra, suas alcovas espumosas, seus polvos marrons, suas conchas de nácar, seus organismos vomitando bolhas, seu solo acidentado, fértil, seus moluscos de carnes amarelas e viscosas, a vida pulsa, desvanece-se, explode, autoengendrando-se, ela é eternidade.

A imagem de Catherine não me deixa, curvada, o óleo de bronzear misturado às gotinhas de água sobre a pele; na praia, o que se passa em cima? Talvez Brahim avance em sua direção, aproveitando-se da minha ausência, arraste-a para a floresta úmida, dê um tapa nela, desamarre seu biquíni com um gesto seco, agredindo-a para puni-la por sua presença. Pela presença de Bruce, pela ameaça que elas inoculam em mim agravando a minha doença de melancolia.

Quando subo à superfície para retomar a respiração vislumbro as três silhuetas distintas, separadas; todas me observam, volto a mergulhar. Os ouriços-do-mar não resistem, deixam-se prender, completo a fileira, eles são pesados, carnudos, negros, marrons, violetas, obras-primas, meu troféu surpreenderá. Quero seduzir a mãe de Bruce — seduzir uma mulher seria me seduzir, eu, que não sinto nenhum desejo pelo meu corpo, que sinto repugnância ao me tocar, ao me dar prazer, a desprezá-lo quando ele surge.

Os desejos superpostos como um mil-folhas, dois casais se formam em meus pensamentos: Erwan e Bruce, Catherine e eu. O vinho me enlouquece.

Brahim está fora dos meus planos. Eu sou a francesa, ele é o argelino, nós damos prosseguimento ao fracasso da história de nossos dois países, as ligações, as paixões frias, elas vão perdurar, eu sei, depois de nós, século após século, ninguém se recupera da posse territorial.

Embaixo d'água, penso em Erwan nadando na minha barriga, ligado ao cordão, dependente, tão aguardado, filho único, eu só queria ele. Imagino Bruce em uma posição vertical, sem conexão e um ar perverso. Dizem aqui que a tinta da lula provoca gravidez, Bruce é um produto da feitiçaria, um súcubo. Imagino cabelos, garras que jazem sob seu esplendor.

Deposito a fileira de ouriços-do-mar junto a uma pedra plana que poderia servir de mesa, Brahim junta-se a mim com o vinho, o pão, os limões, Erwan e Bruce chegam, seguidos de Catherine. Sem uma palavra, decidimos compartilhar um festim. Uma história começa, perco o controle, me abandono, o sol sobre minha pele, meus ombros, minhas costas, minha nuca, como uma mão que me segura, convocando-me a sucumbir ao meu desejo.

Brahim e Catherine não precisam ser apresentados, eles sabem quem são, nossos filhos fizeram o elo. Eles se colocam frente à frente, às vezes como adversários (por quê?), às vezes como cúmplices. Brahim fala sobre sua Argélia, as montanhas da Cabília, a pequena aldeia, a natureza rebelde, os invernos glaciais, a partida durante a guerra, sua paixão pelo papel (sua fábrica), pelas letras, pela cultura francesa, segurando minha mão, que eu logo retiro com um sentimento de vergonha, constrangida por ser a mulher de um homem que não amo mais. Catherine evoca sua França, Paris, o porto seguro para onde ela vai várias vezes por ano, as artes, a liberdade, a Europa. Evoca seu encontro com o pai de Bruce, especialista em petróleo, os acasos da vida, sua "tentação" pela Argélia, país folclórico visto de longe, mais estranho do que parece quando se vive nele, mesmo que ela se sinta em trânsito, não vai ficar, "o mundo é tão grande, nosso tempo tão curto", depois, puxando Bruce para si, confessa seu fascínio por esta terra livre e nova, que tem um destino "político". "As grandes revoluções continuam depois das armas".

Fujo do seu olhar, volto para ele, baixo os olhos, encaro-a de novo. Ela não é mais o alvo, não sou mais o atirador. Corto os ouriços-do--mar, que parecem pequenos crânios a serem dissecados, esvazio-os, limpo-os e arrumo-os em um prato, espremo o limão sobre a carne.

O voo suspenso das horas — o calor, o cheiro das algas secas, Argel não existe mais.

Catherine Bousba passa a língua no interior da carcaça do animal cujo corpo se assemelha ao sexo de uma mulher, suga a corola vermelho-sangue como se sugasse o centro do meu ser.

O vinho de mão em mão, o pão, o limão, a partilha do prazer e um jogo do qual nós, eu e Catherine, temos consciência.

Ela se dirige ao meu filho com desdém; Erwan deve lhe parecer suave demais, um garotinho comportado, calmo, seu único interesse por ele talvez seja o fascínio nascente que experimenta por sua filha. "E então, Erwan, último ano antes do secundário, não é?" Percebo que ela o considera muito pequeno, muito magro, imaturo, com seu boné de marinheiro bretão e sua vara de pescar. Meu filho maravilhoso.

A rivalidade das mães, das fêmeas (trivialidade desta palavra).

Ela mudou Bruce de escola, ela estava antes na Golf e estava indo mal.

Imagino Bruce como uma tirana, maltratando os colegas que tentavam se aproximar dela, ou como vítima, recebendo pedradas e cusparadas.

Nossos filhos brincam à beira d'água. Bruce ordena a Erwan cavar mais fundo na base da fortaleza que estão construindo, meu filho obedece como eu obedeceria se Catherine me mandasse ajoelhar e lamber sua barriga.

A liberdade que o vinho dá, depois as imagens oportunistas que surgem e me assustam: os jogos sexuais entre Erwan e Bruce, essa pintura contra a natureza. Prometo a mim mesma permanecer vigilante, intervir um dia se o limite for ultrapassado, se meu filho estiver em perigo.

E se a natureza de Bruce se derramasse na natureza de Erwan?

Brahim avança mar adentro, agacha-se, imitando o gesto do nado de peito com os braços; visão patética, desvio o olhar, esperando que Catherine não tenha percebido que meu marido não sabe nadar. Sou impiedosa, a presença de Bruce e de sua mãe, como a lupa da minha máscara de mergulho, acentua os defeitos, revela outros.

A pele desta mulher, o perfume que dela emana, perfume inebriante misturado com a umidade das axilas, das dobras do pescoço, dos cabelos claros de sal. Ela se molha, cabeça dentro da água, imagino sua barriga entre a superfície e o fundo, tensa, quebrando a curva das ondas.

Brahim enche a canoa para as crianças, fumando com uma mão, pensativo. Eu me pergunto se a beleza de Catherine o perturba, se ele está incomodado por mim como estou incomodada por ele, por nós, o casal que não combina.

Meu desejo será adiado, gozar após a cena da enseada, em alguns dias, para desfazê-lo de sua origem (o lugar, Catherine) como se cortasse as raízes do desejo para não ter de reconhecer que ele é novo, estranho, inapropriado. Nunca senti atração por mulheres, sou indiferente a elas, por hábito, vejo nelas um outro desejo, o da liberdade, da beleza, da embriaguez, por trás do de uma mulher que, aparentemente, não quero.

A voz calculada de Catherine Bousba, balé de palavras, orquestra de frases.

A escrita é inferior à imagem filmada: ela não reproduz com exatidão a dimensão de uma personagem, o som que ela emite, as linhas do movimento que traça quando se desloca, a escrita fracassa onde a imagem restitui a integralidade de uma ação.

A frustração dentro dos cadernos.

O isqueiro de prata maciça de Catherine, a maneira como ela acende o cigarro, a cabeça inclinada, mantendo-o entre os dedos, mentol extra-fino light. As volutas passam diante dos seus olhos como pequenas almas voando para o alto.

A canoa na água, Bruce ocupa a proa, segura o remo. Erwan no fundo do barco se deixa conduzir, não como um paxá, mas como um marinheiro sob as ordens do seu capitão. A embarcação navega entre duas falésias, corredor sensual, abertura para um novo mundo que não existe, que é preciso imaginar, como tudo aqui, para não morrer de tédio. Erwan, eu sei, estará examinando as profundezas na esperança de descobrir um naufrágio ali, enquanto Bruce dará uma demonstração de força para ele, remando em pé, desafiando o mar aberto e as correntes.

Catherine dorme ou finge dormir, eu observo nossos filhos, que partiram para o mar. A enseada não será mais a nossa enseada, sinto-me despossuída como no dia do meu encontro com Bruce: bastaram-me alguns segundos para entender seu projeto, encantar meu filho, transformá-lo e enfraquecê-lo, estragá-lo (loucura minha).

A ideia persistente de que as pessoas me desejam mal, que sou espionada, aguardada, não seria a voz da minha consciência me observando, punindo-me pela minha maldade?

Catherine se levanta, retira da sua sacola uma camisa branca de homem, que transformou em um vestido curto amarrado com um cinto de couro. Escova os cabelos e depois prende-os sem alfinete em um turbilhão de mechas.

Ela desaparece atrás da pedra, descendo a pequena escada enferrujada. Sua risada novamente. Zomba de mim, preocupo-me com ela. Sou o meu próprio perigo e poderia ser o dela, pior que os homens de Argel, pior que a cidade que a engole, eu, a mulher em perdição.

Nesses minutos de chumbo, o efeito do álcool se dissipou, olho Brahim, o homem, de joelhos, alisando as torres da fortaleza de areia com um seixo. Estamos a milhares de quilômetros um do outro, como Tipasa de Brest. Minha memória é um mausoléu fechado de duas torres, não penso mais na minha família francesa, eles repousam em mim, não existem mais.

Um ponto cor laranja na água, ele contém meu filho e seu assassino.

Procuro algas grandes, frescas, brilhantes, para nosso jardim, fertilizante marinho que fará crescer as jovens plantas de mimosas e de giestas. No ar, o perfume de Catherine Bousba, “Must”, de Cartier.

Meu maiô, sob o guarda-sol, bem dobrado, minha saia longa, minha camisa florida — sinto-me mal na minha pele, mal nas minhas roupas, mal na minha mente. Minha feminilidade se evaporou. Aproximo-me de Brahim, gostaria de chamá-lo de “meu amor”, mas nada acontece; nossas mãos de construtores, construímos uma fortaleza para proteger Erwan de Bruce.

Imagino que Catherine se perdeu na floresta, que teve um encontro desagradável, deitada nas samambaias, caixão compacto, um filete de sangue nos lábios, sua camisa esfarrapada, então sou seu agressor, substituindo Brahim na minha fantasia, possuindo-a com violência. Torno-me a inimiga das mulheres, colocando-me ao lado de meus amantes sonhados e sanguinários; minha frustração é grande. Não valho nada, detesto este pensamento.

O céu é amarelo pálido, o verão se retira, o tempo é uma flecha que nos impulsiona para um futuro assustador. Catherine e Bruce estão nas nossas vidas, não conseguiremos nos livrar delas sem o auxílio do infortúnio.

A fidelidade de Brahim me dá vontade de chorar, nenhum jogo de sedução para com Catherine. O juramento do amor ou o espírito de sacrifício? Ele permanecerá perto de mim até o fim das nossas vidas e esta constatação é lúgubre. Estamos presos um ao outro, quebrados, danificados, irreparáveis.

As ruínas de Tipasa, a nostalgia. O mar me fragiliza, meu corpo está esgotado pelo mergulho, pela chegada inesperada de Catherine, pela estranheza de Bruce (não consigo me acostumar a ela). Minha família está reduzida à categoria de vítima. Todos os três complexados, faltam-nos insolência, ambição. Brahim pode não ser tão fiel, ele sabe que não tem nenhuma chance. Quem é o homem que está junto à mãe-atriz? Quem é o pai que está junto à menina-menino? Eu o imagino o oposto de Brahim, ausente (ele está no exterior), encantador, inconstante, evasivo.

Desenho em meu caderno um triângulo para a família Bousba, um círculo para a família Akli. Somos tão diferentes.

O mistério das mulheres é maior que o mistério dos homens. Escolho Catherine. A distorção do desejo e da realidade: eu também não tenho nenhuma chance.

Pequenas flores na areia, brotando fora da floresta cujas raízes me fazem pensar em braços imensos, serpenteando embaixo da terra até o mar, girassóis em miniatura no meio de algas, minhocas, conchas quebradas, cordas de redes trazidas para a praia pelas ondas. A vida é mais forte que tudo, eu poderia eclodir em outra pele, florescer em outra carne.

Bruce e Erwan retornam. Nada direi sobre a minha inquietação, a criatura só está esperando isso. Ela empurra meu filho desde o momento em que chegaram na beira. Erwan cai, levanta-se sem protestar, não faço nada, vejo aí um rito de iniciação e a atribuição definitiva dos papéis. Meu filho traz um arranhão do lado direito, ele não me pertence mais.

Escrevo nossa história, em tudo verdade, jurando, a mão no coração.

Fotografia. Bruce se apoia no remo plantado na areia, Erwan, os braços cruzados, está em paralelo ao corpo perfeito de sua amiga. Ao fundo, o mar está sombrio, o céu pálido, a luz é uma poeira sobre os modelos.

Na imagem polaroide, Bruce ocupa toda a dimensão do plano, Erwan, ao seu lado, está desfocado apesar do mesmo ponto de visão, a lente captou a mente do meu filho, perturbado por ter caído, pelo que acontece conosco .

Bruce, a escultura, o filhote de leão, Erwan, a corça, pele, uma criança devorando a outra. Catherine emerge da floresta, uma braçada de urzes contra o peito, “para você, Michèle”. Sou a casada e a vítima, a escolhida e a serva, as plantas púrpuras, secas, picam minha pele. Catherine soltou os cabelos, olho para os sulcos dos seus lábios: mordo-os para vingar meu filho.

Nossos quatro corpos no centro da enseada, duas adultas, duas crianças, um halo magnético nos liga uns aos outros; de fora, excluído, o corpo de Brahim, cujo sangue teria sido drenado, busca um lugar para esconder sua agonia. A noite o salva, é preciso partir antes de escurecer; juntando nossas coisas em silêncio, cada um fala consigo mesmo, desafiando o outro em segredo.

Catherine e Bruce ficam à nossa frente, presas pela floresta. Elas não nos esperam, andam de braços dados, dois amantes apaixonados pela aventura, Bruce veste uma regata branca sobre o maiô, ela me faz pensar numa criança selvagem encontrada em uma caverna, criada por animais dos quais teria adquirido o instinto de sobrevivência, dotada de uma inteligência particular, rápida, lógica, sem humanidade, sendo o outro o adversário ou a presa. O perfume de Catherine abre um segundo caminho, colocado sobre o primeiro, caminho aéreo que me leva para os meus devaneios. Quando tornarei a vê-la?

Sobre o portão da nossa casa, uma cruz de giz, nós a apagamos, ela não existe. O jardim não foi visitado, nenhuma marca de passos, de arrombamento, a garagem está bem fechada. Ouço o telefone tocar por detrás das janelas envidraçadas, nenhum de nós três atenderá, atordoados pelo brilho do sol; Brahim e eu não falamos sobre Catherine Bousba e sua filha, agindo como se nada tivesse acontecido, como se este encontro fosse trivial, que ele não fosse desviar o curso do tempo nem o das nossas vidas. O que não se designa não existe.

As algas viscosas, grandes, escuras, cobrem a terra do jardim, colonizam-na, terra agora iodada, salgada, engolindo cataplasmas marinhos para se tornar mais fértil, mais resistente, mudando sua cor interna. O solo do jardim parece ondular conforme o movimento das algas que serpenteiam nas profundezas, mergulhando no lençol freático, cuja doçura e alcalinidade irão reverter.

A casca do pêssego que se desfaz sem resistência sob a faquinha Opinel que os corta, a polpa tenra, fragmentada, que dou ao meu filho para refrescá-lo. O sol lhe causa uma febre leve da qual ele não se queixa, na sua cama, sem ter jantado, cheio da lembrança de Bruce, da travessia na canoa, da enseada que ele chama de "circo"[12], simples erro ou símbolo do espetáculo que aconteceu ali?

A tentação do álcool, sentada nos degraus do terraço fumando um cigarro, depois a vontade de ficar na "realidade" de Catherine Bousba, de não perder sua pista na minha embriaguez, respirar seu perfume exato, fixar o verdadeiro azul alaranjado de seus olhos, ouvir sua voz sem inventar um som e uma narrativa que não existiriam. Manter-me fiel à primeira imagem, ao horror e ao deslumbramento quando, saindo da água, eu a comparei à miragem que apareceu na estrada de Tipasa, cintilante — pedra preciosa e vulcânica. E ocupar meus desejos, o impulso e o ódio, sem ter de escolher entre a queda e o controle.

Os dentes muito grandes de Bruce e sua voz abafada.

O relógio com pulseira de malha dourada no pulso de Catherine.

A classe social da família Bousba, o poder e o dinheiro a ela associados.

As palavras precisas de Bruce, sua poesia ou sua educação?

O pai de Bruce cujo primeiro nome ninguém menciona.

A camisa masculina, a evidência da sua sensualidade, do seu erotismo; a esposa usa a roupa do ausente.

Meus gestos desconexos (o constrangimento), como se meu corpo estivesse pendurado a uma cordinha que acionava o mecanismo.

Brahim, a quem eu teria de ter abraçado para definir as regras do jogo.

Escavo, volto, abro a terra ao pé da pequena árvore de Bou Saada, enterro ali as urzes de Catherine, esperando vê-las crescer sob as palmeiras, testemunhas de meus sentimentos, eu que não tenho a quem entregar minhas confissões. Minha solidão é maior desde a enseada, o segredo é meu destino. Sinto falta do deserto, estaremos lá no Natal, tenho medo de morrer (dentro de mim) antes.

---

12 Trata-se de uma confusão entre as palavras em francês "crique" e "cirque", que, traduzidas para o português — "enseada" e "circo" — não fazem sentido.

No toca-discos, a voz de Faïrouz canta *Habaytak Bisayf*, minha música preferida. Não sei se Brahim quer me trazer de volta para ele ou me entregar a Catherine. Ele me olha, da sala, sorrio para ele, estas palavras não são mais nossas:

"Te amei no inverno, te amei no verão. Te esperei no inverno, te esperei no verão. Teus olhos são o verão e meus olhos são o inverno.

Nossos encontros, oh, meu amor, estão além do verão e do inverno."

Tenho vontade de lançar minha carne ao fogo, de purificá-la.

O verão desaparece.

Criança, eu sonhava com uma Argélia misteriosa, oriental, Argélia de palácios, de dunas, de príncipes, de cavalos puro-sangue, de jardins do Éden, de charco verdejante, Argélia povoada por marabus, ninfas dissolvidas no vapor dos banhos turcos, Argélia dos contos, das lendas e dos druidas, país que, eu estava certa disso, me aguardava, me transformaria — no começo de nossa história, Brahim foi o meu prometido, livrando-me de minhas tristezas, de meus excessos (as obsessões), depois tomei sua força, reinando na minha casa e no coração de nosso filho, tornando-me única na cidade, andando entre a multidão, solitária e fatalista, afogando-me nas entranhas de Argel, cidade medusa e feminina, apesar dos homens, em massa, aglutinados. Tudo nos remete aqui à obsessão dos corpos, do desejo, do gozo, da frustração.

O amor cotidiano, doméstico, me liga à morte, não sou normal, sei disso, assumo isso. Minha vida está diante de mim como se me faltasse um caminho, o caminho certo, não avanço, estou estática, se um cataclisma acontecesse eu seria a última a deixar os lugares, imóvel e paralisada pelo caos.

Com que idade pode-se ter certeza de ter perdido sua vida, de ter perdido seu amor? Os anos que virão deveriam ser anos de reparação, de consolo, sei que não será nada disso, arrastada para o destino de uma terra que sufoca a sua cólera.

Quando Catherine Bousba disse "aqui não tenho medo de nada", pensei que ela não tivesse medo dos homens, que ela procurasse a companhia deles, para seduzi-los ou humilhá-los. Pensei também que ela estivesse adaptada à terra argelina, à sua loucura que não parece penetrá-la.

O medo é uma doença, uma forma de olhar o mundo sem lhe conceder nem alegria nem esperança.

Brahim se proíbe de mencionar a mãe de Bruce, sabe a torrente de palavras que ela provocaria, prefere não assistir ao nascimento de uma paixão, fugindo do assunto. Seu silêncio é uma espécie de novo vínculo entre nós — não dizer nada para não ter de sofrer com isso. Como sinal de respeito, deixo de escrever no meu caderno por um tempo.

4

Meus gestos são inspecionados por um olho no céu. Um ciclope me observa das nuvens. Tédio e culpa. Meu retorno às palavras sela minha traição. Te peço perdão, Brahim.

Levo Erwan à escola na esperança de encontrar Catherine. Ela não aparece, evaporou-se. Erwan sobe os degraus do colégio. Eu espero no carro.

Vou até o Edifício Shell, estaciono perto do posto de gasolina. O acesso não é livre, é preciso passar a barreira do guarda e fornecer os dados da identidade para poder entrar no prédio. Desenho o lugar no meu caderno, arco circular, *bunker* de guerra.

Mercado de Chéraga. Maçãs, aipo, salsa, nabo, abóbora, abasteço-me de legumes, frutas — cozinhar ocupa minha mente —, dedicando-me a lavar, raspar, cortar, como se me ocupasse do corpo de Catherine, embrulhando-o, adornando-o, lubrificando-o.

Nos boxes do mercado, o cheiro dos homens do campo, as mãos estragadas pela terra, os rostos envelhecidos pelo trabalho, pelo sol. Os sorrisos são interrompidos, fazem pensar nos guerrilheiros que se deixavam fotografar diante de seus abrigos, imagens encontradas nas coisas de Brahim, primos, combatentes da resistência, desconhecidos. As mulheres com os pés nus nas sandálias de plástico, a finura dos tornozelos, a hena manchando a pele. As pulseiras de ouro, dez, vinte, o dote das casadas.

Eu me perco no mercado, me perco nos meus pensamentos, ninguém presta atenção em mim, ninguém me nota, sou uma mãe.

Um cachorro preso a uma corda perto de um homem sentado com um copo de leite, um mendigo ou um adestrador.

A multidão. Eu poderia me deixar tocar por todas essas mãos sem me defender delas. Imagino Bruce maltratando Erwan, cutucando-o com a ponta do compasso, fazendo-o tropeçar no recreio, obrigando-o a subir na barra do pórtico, a se jogar no vazio.

O chocolate, o queijo branco, o extrato de tomate, a farinha, os pacotes de açúcar, de sêmola, reservas neste país que sofre com a escassez. A revolta virá dos pobres, as milícias prometem dar a vitória àqueles que ganharam fisicamente a guerra.

Milícia política ou religiosa.

Se tivesse escrito em meus cadernos durante a guerra da Argélia, teria contado os mortos. Se tivesse de ter um caderno por antecipação, minhas palavras ainda contariam os mortos. Este caderno seria escrito com tinta vermelha. Tenho a premonição de uma guerra sem precedentes.

O jovem país argelino, como se diria de um jovem de beleza frágil e crescente.

Que vida é essa destes homens, destas mulheres do mercado? Catherine tem razão, falta-nos tempo para decifrar o coração de cada um. Tantas histórias para viver, tantos compromissos perdidos.

Poderia encontrar Brahim na fábrica, surpreendê-lo, jogar-me em seu pescoço, beijá-lo na frente dos empregados. Tomo a direção contrária, entro no centro da cidade, na parte alta, e estaciono embaixo do Edifício Shell. Um soldado me pede para não ficar ali por questões de segurança, a embaixada da França fica ao lado.

Olho em volta, esperando encontrar aquela que desapareceu, que não se mostra, por indiferença, por estratégia. Não sou importante, apenas o tempo cobre nossos dias. A enseada é uma lembrança que se apaga.

Não sei como são as noites no Edifício Shell.

Dizem que uma mulher atravessa o parque assobiando a melodia de *Min Jibalina*,[13] a canção dos patriotas.

---

[13] *Min Jibalina* é um canto patriótico argelino, tornado célebre pelos escoteiros da

Sua base é instável, o vento não para.

Moradores descobriram em um teto falso espadas e taças de champanhe enrolados em papel-jornal.

Uma cisterna continha dólares, marcos alemães, francos, as divisas, como se diz aqui.

Um vagabundo dorme na grama alta entre os muros altos de uma construção em ruínas que um dia se tornará uma mesquita, segundo os moradores do bairro.

O edifício possui sua lenda, eu inventaria a de Bruce e de Catherine.

As noites frescas, o céu coberto de nuvens, navios passando de uma rua a outra, transportando mensagens para a Europa. Sozinha na cozinha corto a perna do cordeiro para nela introduzir o alho, raminhos de tomilho, de alecrim, perfurando a carne. Eu me dedico a isso como se infligisse um suplício. Vingo-me da minha solidão, meus dias são longos, meu futuro incerto.

O vinho tinto, quente, pesado, dá brilho aos gestos cotidianos do jardim e deve ser tomado antes das geadas, preparando-o para a estação como me preparo para um relacionamento.

Brahim colocou cacos de vidro no alto da fachada principal da nossa casa, a que dá para a rua, "por precaução". A ameaça está por toda a parte. Sou uma mulher que maneja tão bem as facas quanto a traição.

No forno, a perna esguicha, empanturrada de molho, de sangue, grelhando nas extremidades, onde estão as partes mais macias.

Erwan de pijama assiste à sua série de ação *Poigne de fer et séduction*[14], Brahim está no sofá, imagem de uma família ideal, cada um ocupado com sua função, com seu lazer.

Brahim: "Não fale sobre política com ninguém. Não pronuncie o nome do presidente eleito ao telefone".

A falta de ternura deixaria qualquer um paranoico.

região de Cabília, que o cantaram pela primeira vez em 1945, em uma manifestação na cidade de Sétif. Posteriormente, tornou-se uma das músicas mais populares da guerra de independência da Argélia (1954-1962) do domínio francês. (N. do T.)

[14] *Poigne de fer et séduction* foi o nome que recebeu na França a série televisiva britânica *The Protectors,* que foi ao ar entre setembro de 1972 e março de 1974. (N. do T.)

A letra da canção que acompanha os créditos da série de Erwan: “Nas ruas e nas avenidas, pode-se vender sua alma ao diabo se se quiser, não é difícil, às vezes é muito fácil”.

O equilíbrio do país é simétrico ao equilíbrio da minha mente. Deixo o vinho me invadir, a dose é suficiente para decolar do chão sem que ninguém perceba.

Penso na cidade que se abre à noite, no destino das mulheres que os homens quebram. Pergunto-me como será a noite de Catherine, imagino-a arrastando-se para o porto, provocando o perigo, segurando Bruce pela ponta de uma corda para não perdê-la como o mendigo adestrador do mercado.

Os homens devem respeitá-la, só ela decide. Devo voltar a vê-la e aprender com suas lições.

Catherine deixou a natureza de Bruce crescer para permanecer a única mulher da família.

Nos braços de Brahim, brinco de criança, adormeço no seu cheiro de sabonete e água de Colônia. Ele não é meu pai, continua sendo o de Erwan enquanto eu lhe der permissão.

O telefone toca, me acorda, para. O jardim no meu sonho recuou, subiu em direção ao Edifício Shell, cobre sua fachada com folhagens, urtigas, espinhos e líquens.

Minha saia longa, meus sapatos de salto, minha blusa marfim, um colete bege, um broche. Maquio meus olhos, meus lábios, perfumo-me, dobra dos cotovelos, dos joelhos, pescoço, provoco a minha sorte.

Antes de levar Erwan, preparo um mil-folhas de biscoitos embebidos em café: no frio por várias horas, prensado, endurecido, vou cortá-lo em quatro ou seis partes.

Atravesso uma paisagem familiar e estranha. Olho nosso quarto, nosso jardim, nossa casa, com a intuição de que para lá voltarei mudada por um acontecimento.

Outono misturado com verão, o clima argelino. Assobio, como a mulher fantasma do Edifício Shell, a melodia da canção dos patriotas.

A guerra dos homens. Tipasa antiga, Palestro, batalha de Argel. E amanhã? Na armadilha da cidade, trancada em minha casa, esperando meus carrascos, não abandonarei a Argélia, ela é meu último país, minha pátria, minha juventude, eu, a francesa que ninguém olha.

Minha adoração por esta terra passou para o meu jardim. As árvores, as flores são a minha paciência.

O beijo de Brahim antes de partir para a fábrica, como se não fosse voltar, como se houvesse compreendido tudo. Sonho minha vida. Não estou apaixonada por Catherine. Quero a coragem da sua existência.

Na minha juventude, a morte me fascinava, era como uma terra, ela abria a possibilidade de refúgio, de fuga. A vida se tornou esta terra misteriosa. Os dias foram passando, não levando a lugar algum, separando brilhantemente o desejo do amor.

Catherine é a nova volta na minha loucura, depois a vergonha quando tomo consciência das minhas divagações.

Não sei o que é o corpo de uma mulher. Não sei o que ele pode representar, oferecer a outra mulher. Não sei se este desejo existe, se é livre ou se está ligado a uma terceira pessoa, um homem, orquestrando a cena para seu prazer.

Minha visão das mulheres está errada. Passo tempo demais na cozinha. Tenho de trabalhar, lembrar Brahim a respeito do Liceu Francês.

Deixando meu papel de mãe, de dona de casa, sonho com salas de tortura, prazeres condenados. A oposição entre os universos — meu lar e o baixo mundo — vai muito longe.

Meu filho de suéter, blusão. Imagino Bruce em roupa de outono, arrogante, assombrada por sua imagem, sabendo impor o que é, apesar das provocações. Conheço sua força: Erwan não larga sua estrela de xerife, meus pensamentos são frequentemente dedicados a ela, como trampolim para Catherine, armando uma emboscada — usar a amizade de nossos filhos para me aproximar, convidar Bruce a vir à nossa casa para fazer Catherine vir. Ela não virá.

Sou sua coisa na imaginação. Odeio, adoro esta visão.

Aperto Erwan contra mim antes que ele suba no carro e eu o leve para a escola, tenho medo de não lhe dar amor suficiente, atenção suficiente, obcecada pela família Bousba, máquina cujo funcionamento não compreendo.

A vizinha, senhora Ziad: um homem tentou forçar a porta da nossa garagem, ele fugiu quando percebeu que ela o observava. Sem arrombamento. Eu a tranquilizo, era um ladrão que estava passando, ele não voltará. Não contarei nada a Brahim. Acredito na classificação dos medos e na sua desclassificação. O desejo restaura. Sou virgem agora.

O céu vazio, suspenderam os voos dos aviões, afugentaram os pássaros, as nuvens de insetos; nem folhas mortas nem poeira. Desço para a escola de Hydra. No rádio-cassete, *Song for Guy*, de Elton John. Abandono meu filho, sozinha no universo, carregada por minha intuição, floresta de rosas, cascata de cristais.

Catherine está com Bruce na frente da escola. Discutem. Ela segura Bruce pelos ombros. Se eu tirasse uma fotografia, a imagem polaroide revelaria o concreto do prédio, o esmalte vermelho de Catherine, a boina de feltro de Bruce.

Erwan sai do carro, corre em direção a Bruce, Catherine larga a filha, uma transferência se opera, eu entregando meu filho, ela avançando em minha direção, os dois se cruzam sem se deter, eu troco minha vida por outra, o amor filial pelo deslumbramento.

Ela está sem carro esta manhã. Elas vieram a pé. Ofereço-me para levá-la em casa; ela me pergunta se conheço o Edifício Shell.

Nossos filhos sobem a escada, desaparecem em suas vidas de estudantes, eu penetro em uma vida proibida.

Dou a partida, agarro o volante, minhas mãos tremem, reencontro o perfume da enseada, poderia desmaiar, não são mais minhas roupas que são muito grandes, mas minha pele. Poderia passar para o banco de trás do carro, deixar a mãe de Bruce me conduzir, ser meu filho quando tomássemos a estrada dos juncos selvagens.

Catherine usa jeans, sandálias, um suéter que cai abaixo de um dos ombros, tudo é feito de propósito, tudo foi preparado. Pedir ajuda a Brahim, mas ele não existe mais.

Argel, cidade nova.

Meu lilás, minhas aves-do-paraíso, meu jasmim, minha nespereira, minha palmeira de Bou Saada, minha crosta de Infiel.

Bruce é difícil. Ela não quer mais ir à escola. Não avalio as minhas chances com Erwan. Ela não sabe nada de nós e não quero que venha a saber. Não respondo. Um objeto aguardado, esperado, transforma-se fora do território que havíamos imaginado para ele. Catherine é uma lâmina de barbear.

O cheiro do ar com o cheiro do seu hálito, ela não trouxe a bolsa, apenas um molho de chaves, um maço de cigarros, o isqueiro nas mãos.

Bruce usava uma jaqueta que combinava com sua calça de veludo cotelê, um menino falso fazendo beicinho sem chorar.

Catherine me oferece um cigarro, fumamos com os vidros abaixados, primeira intimidade. As crianças da rua parecem zombar de nós. O corpo de Catherine no meu carro é a cópia do corpo da enseada. Eu não acredito.

Edifício Shell. O porteiro lhe estende a correspondência, ele poderia me reconhecer, a doida. Uma rampa corre ao longo das construções, o corpo de pedra é mais maciço visto do interior, a luz não penetra nele, sucessão de pátios abertos, de pilotis, os andares altos chegam até o céu. Não parece haver nenhuma vida a não ser, no limite, na floresta de eucaliptos da embaixada da França.

Sinto falta da minha casa, sinto falta dos meus lençóis, mortalha do meu casamento. Poderia não voltar mais para Brahim, ser levada por uma miragem.

Lajes em degraus protegem o estacionamento. Tomo o lugar de Amar ausente , o prenome do pai de Bruce.

Amar existe entre nós.

Minha saia está amassada, estou envergonhada. Catherine dá a volta no carro, estende-me a mão para me ajudar a sair. Ela seria o homem, eu seria a mulher. Detesto este quadro. Cabos elétricos instalados na entrada do pátio conectam nossas linhas telefônicas. Eu a sigo, ela poderia me levar para o subsolo, deixar-me lá, esquecer-me lá.

Há a visão dos homens, seu cheiro, sua força, sua voz, o modo de andar, de fumar, de beijar. Há seu prazer e seu descanso. Não conheço as mulheres, conheço-me muito mal. Lembrança de dançarinas girando e se afastando. As mulheres, para mim, não são unidas. Se Bruce desejasse Erwan, de que amor meu filho sofreria ? Somos súditos da família Bousba.

Eles moram no último andar, é preciso tomar o elevador, caixa que desliza contra uma parede entre os andares. Brahim deve ter ligado preocupado. Estou nos confins do nosso mundo.

Os cabelos de Catherine são as algas do jardim, eles vão tirar o sal e o açúcar do meu ser. A impressão de que os outros serão sempre melhores do que eu: Bruce, Catherine, o mendigo-adestrador de cachorro do mercado.

Cruzo a soleira do apartamento, imóvel construído no monte Hydra, arquitetura futurista que abriga Bruce. Ela cresceu aqui, na sua torre de cimento. Espaço destinado à vida material dos homens, ligando o interior ao exterior para fazer circular o tédio, a violência. A Mitidja de um lado, o mar do outro, mar inacessível.

Procuro pistas do pai de Bruce. Mesa de trabalho, arquivos na biblioteca, fotografias, uma pilha de discos, livros de poesia. Amar é especialista em petróleo, representa a Argélia no estrangeiro, defende seus interesses, negocia para ela.

Seu marido a substituiu por seu país.

Eles se conheceram em Paris, numa festa; tudo aconteceu muito rápido. Ela é impulsiva. A Argélia não realizou seu sonho, é uma experiência como qualquer outra. Eles têm suas vidas, não se falam, encontram-se quando ele volta de viagem e retomam o curso de seus dias, os dois, os três com Bruce, que é especial, assustadora para o pai. Ele não tem paciência.

Michèle.

Meu nome na voz dela.

Descontinuidade de seu vínculo conjugal, as idas e vindas entre o prazer e a ausência. A floresta de eucaliptos forma uma barreira,

Argel é invisível, o prédio é isolado, os segredos estão bem guardados ali. O escritório vai dar na sala de estar. Um terraço acompanha os cômodos separados dos quartos por um corredor. Imagino Bruce correndo aqui, devastando o lugar, enfrentando o pai.

Brahim.

Seu nome na voz dela.

Falo do nosso encontro, da universidade, dos ideais. Falo do meu filho, do meu amor. Falo da nossa casa. Falo do país e da minha repulsa. Não me sinto amada pelos habitantes. A natureza me derruba, obriga-me à servidão. Seguro a minha doença da melancolia na coleira, temendo deixá-la fugir. Não falo da minha falta de desejo pelo homem que roubou a minha juventude. Vejo Brahim assim, na presença de Catherine, superpondo-os.

Ela o acha bonito.

A bofetada das mulheres que amam os homens.

O apartamento onde ela vive, ama, odeia, beija, goza, dorme. Poderia escrever tanta coisa sobre Catherine, até o que não existe. Não consigo imaginá-la cozinhando, lavando, arrumando, ela é o espírito do lugar, não a mulher submissa, adquirida.

O terraço é circular, seu piso de terracota. Catherine aponta para um ponto, um telhado branco e muita vegetação, nossa casa é visível dali. Visão de Bruce com um telescópio, observando-nos, telefonando para nos incomodar.

O parque está afastado do edifício e as amendoeiras, os limoeiros, as laranjeiras cresceram para fora da estrutura de pedra e concreto, os galhos se estendendo em direção à floresta da embaixada da França, inteligência dos vegetais, ordem inata da matéria viva.

Quarto dos pais. Um espelho, uma penteadeira, joias, uma pilha de revistas *Playboy*, um vestido em uma poltrona azul. Na mesinha de cabeceira, um cinzeiro, um livro: *O Relatório Hite*.

Uma porta francesa leva a um terraço forrado de juncos, protegendo do contato direto, apesar do andar elevado que dá a impressão de visitar o céu e as nuvens. Uma espreguiçadeira, um colchão de ar. Vislumbro um banheiro e reconheço o cheiro do perfume dela.

Apesar da ausência de Amar, a sensação de um homem.

A cama está feita, os lençóis esticados, os travesseiros sem dobras. Meus olhos são microscópios. Fixar tudo, reter tudo. Meu cérebro desenvolverá, como o líquido que revela a fotografia, as imagens que meu olhar recobre.

Em direção ao quarto de Bruce. Faço o trajeto antes do meu filho, roubando-lhe a sua amizade, verifico onde em breve ele vai brincar, dormir. As paredes do quarto estão cobertas de pôsteres de Bruce Lee que parece saltar, voar. As imagens se sobrepõem, pregadas com alfinetes, coladas e juntadas com fita adesiva, as que foram rasgadas.

O quarto é um lugar de luta, a do mestre do Kung Fu, estrela de cinema, a da filha de Catherine, absorvendo o sangue do seu ícone, reproduzida ao infinito.

A violência masculina retirou-a de sua feminilidade. Seu combate se trava aqui, alimentada à força de seu deus, de beleza estranha e consagrada. Ela deve a ele sua transgressão, seu corpo construído, apesar da delicadeza que lhe resiste.

Um par de luvas de boxe, um *nunchaku*[15] estão pendurados em um gancho, seu quarto é uma cela de tortura e reflexão. Em uma escrivaninha, blocos de papel cobertos com a letra de Bruce, ilegíveis, canções de transe, salmos diabólicos na minha imaginação, ornados de desenhos à tinta, as linhas emaranhadas que ela desenhou e que representam o infinito e o confinamento.

Na mesinha de cabeceira, emoldurado, Bruce Lee aparece de smoking diante das palmeiras da Califórnia. Perto do quadro, estão a foto da enseada e a fotografia de Bruce segurando o remo, com meu filho desfocado.

Sinto falta de Erwan, não o imagino dormindo debaixo dos pôsteres, mas sei que é tarde demais, que voltaremos aqui. Erwan, meu menino delicado, traria a parte de feminilidade que falta a Bruce. A ligação dos dois é uma fusão, uma experiência.

---

[15] *Nunchaku*, também conhecido por matraca, é uma arma de artes marciais e consiste em dois pequenos bastões de madeira, ligados nas extremidades por uma corda ou corrente. (N. do T.)

Sinto-me como uma *serial killer*, mas entrei na cova do lobo. O Edifício Shell é meu novo Eldorado.

O telefone toca, Catherine não responde.

Bruce escreve como eu. Somos da mesma pedra, a que não se parte apesar dos golpes.

Amar deve ser brutal, impaciente. Um casaco de homem encontra-se na entrada. Outro espelho diante do qual Catherine terá baixado o suéter antes de sair para me oferecer seu ombro, sua clavícula, o nascimento de um seio. Não posso deixar de pensar no orgulho de um argelino com uma francesa deste quilate. Pensamento racista.

O quarto de Bruce, antro sadomasoquista.

Retiro meu colete. Sob minha blusa, a arborescência de milhares de navios à espreita, cintilantes. Visão de Brahim na fábrica, entre rolos de papel nos quais escrevo nosso fracasso, sem que ele saiba, desconfie.

Tomamos um café na cozinha, bancada em cerâmica, lavanderia ao fundo onde seca a roupa, explicação das aberturas que me fazem pensar em postos de tiro de metralhadora. Ela teria preferido viver numa vila, detesta este lugar.

Amar está ausente com frequência, aqui elas estão em segurança. Imagino Catherine no centro do meu jardim, atravessada pelos raios de sol que passam pelo crivo das folhas.

Amar exagera. Ela não tem medo, não há nada a temer deste país e tudo a admirar. Ela mente, me testa. Seus olhos azuis alaranjados, bastaria-me estender o braço para conectar nossas peles, para começar a contagem regressiva da explosão atômica. O vento mudou de direção, vai se apoderar do mar, embarcações frágeis, vai fazê-las virar. O Mediterrâneo é um cemitério.

Tocam a campainha.

Ela pede desculpas e se levanta.

Enquanto espero, examino sua geladeira. Um peixe está enrolado em papel- jornal, uma barbatana se projeta. Sinto vergonha, falo comigo mesma. "Quem é você, Michèle Akli ?"

Espero.

Ouço vozes, a de um homem e em seguida a de Catherine pedindo-lhe para não procurá-la novamente.

Ela volta, tenho que ir embora, enforcar-me nos cipós do meu jardim, voar na espiral das minhas palavras. Estou envergonhada. Meu colete, minha bolsa, reúno minhas coisas.

Desço pela escada, tenho medo do elevador. Os pilotis externos são replicados no interior do apartamento. Visão de Catherine presa a um deles por um cinto, de Bruce, punida pela culpa de existir tal como existe.

Tomo a rampa em direção à saída, o porteiro aciona a barreira, moramos a alguns metros, basta eu descer pelo caminho depois do posto de gasolina para chegar à garagem da nossa casa; dentro do apartamento, eu me sentia a milhares de quilômetros do meu universo, não era mais a Argélia, não era mais eu, não será jamais Brahim.

Tenho a sensação do corpo de Catherine no meu corpo, tenho seus cabelos, seus olhos, sua voz — efeito de uma posse e de imagens escuras do parque do edifício, o parque do diabo. Apenas a escrita me coloca em contato com o real.

Bruce roubou a foto na enseada ou será que Erwan lhe ofereceu como lembrança, como presente, honrando sua dívida da estrela de xerife.

O gene da submissão.

O homem na porta do apartamento talvez seja um chantagista, um amante, o motorista do Citroën negro que não desce do carro.

Telefono para Brahim na fábrica, peço-lhe que vá buscar Erwan na escola a pretexto de um mal-estar e o tranquilizo porque tenho de tranquilizá-lo; sua esposa é frágil, odeio esta frase. Odeio Brahim. Preciso do jardim, da casca das minhas árvores, dos degraus do meu terraço, de vinho, mas é muito cedo.

O álcool com Catherine seria uma loucura.

Mirtilos, jacintos, hortênsias, flores da minha infância antes das plantas suculentas da Argélia, figueiras da Índia, agave, cactus, aloés, que escorrem, secretam, suam, transbordam; a seiva como metáfora do esperma e do suco do amor.

País do gozo e da frustração, um não explodindo sem o outro.

O sol organiza a vida dos corpos e a desorganiza, somos trazidos de volta a ele, a noite é um interlúdio, a partir do dia imploramos sua força e sua dor. Viver ao sul do continente europeu, à beira do deserto, é fonte de confusão.

Meu desejo é tênue, não se dirige nem para Brahim nem para Catherine. Se ela tivesse dado um sinal, eu teria podido avançar, beijá-la e renascer das minhas cinzas. Não conhecia as mulheres assim, inscritas na linhagem da posse física. Abrir um novo compartimento no meu cérebro no qual eu guardaria seu maço de cigarros, a covinha que perfura sua bochecha esquerda quando sorri, sua barriga, suas nádegas, seu peito, compartimento romântico e pornográfico que eu poderia visitar sem me comprometer.

O dia está ótimo, é cedo, ocupe seu tempo, abrace Brahim que eu traí. Meu ódio tem a força do meu apego. Imagino Catherine em seu apartamento, ela lava minha xícara de café, lambe as bordas, joga-a no lixo com nojo. O edifício oscila sob o impacto do vento, recua para as planícies de Mitidja, é um navio que se vê da lua. Os homens constroem monumentos para a glória e os satélites.

O problema do desejo e do não desejo, eu me censuro, obedeço aos meus comandos; não sou da espécie de Bruce. Meu filho fará com que ela volte para o caminho correto, ela levará Erwan aos pântanos da vergonha. Bruce tem a alma de Catherine, mãe e filha encantam os puros de coração. Amar não tem lugar, ele viaja pelo mundo, a ausência o faz existir. Seus retornos são uma festa efêmera, desaparecendo novamente, excluído da paixão do casal que ele perturba. A maternidade é um casamento. Os homens não são convidados para ele. Em outros braços, eles encontram outras mães das quais são os filhos escolhidos e preferidos.

Projeção do tempo, tenho algumas horas antes do retorno de Erwan e de Brahim para dissolver a obsessão de Catherine. Não direi nada sobre o apartamento, nem sobre o parque nem a escada. A cada andar que eu descia temia encontrar o homem que batera na porta, imaginando-o escondido no elevador e, confundindo a ela e a mim, pulando armado de uma faca para me cortar a garganta.

O barulho do Edifício Shell quando eu desenho no meu caderno a planta da construção, os blocos de cimento em degraus, o anexo em ruínas, os pátios abertos, a orla do parque, o apartamento, os terraços, os pilotis, o quarto de Bruce — visões de rituais, de cerimônias macabras.

Rosemary's baby.

Não vejo nenhuma semelhança entre as duas; e se Catherine recolheu Bruce, criou-a, educou-a à sua maneira, procedendo a uma experiência, obrigando sua filha adotiva à virilidade para que ela se tornasse o companheiro ideal, o amante secreto, o Eleito para a vida?

A certeza de uma maldição.

Polaroide dos campos de papoulas.

A primeira infância de Erwan quando o levava ao campo. Atravessávamos florestas de cedros, milharais, rolando sobre tapetes de margaridas, subindo nas laranjeiras. Eu lhe ensinei a origem das nuvens, o gosto das plantas na língua, as virtudes das árvores quando você as abraça.

Erwan me amava incondicionalmente. Eu era sua rainha e ainda assim o reino que ele acreditava reconhecer já se desmoronava. Eu lhe ensinava o país de seu pai, já que é preciso saber de onde se vem para chegar aos outros e compreendê-los.

Comecei uma segunda vida em um país cuja adoração terá diminuído à medida que o meu amor por Brahim diminuiu. Possuía duas Argélias, uma, externa, na beira da floresta, na entrada do mar, nas portas do deserto, a outra interna, rente à pele, à carne, ao hálito do meu marido.

Meus desejos se dissiparam no turbilhão de hábitos e esperanças não cumpridas, turbilhão de pólen, cinza e poeira. Perdi. Meu filho me deixará: aprende-se mais ao lado dos heróis.

5

Na cidade. Fluxo de carros, de homens e de mulheres, entranhas, cavidades. A capital é a antinatureza, superpovoada, densa, assustada, assustadora. Eu a temo, labirinto da violência, e não posso me afastar dela. Ela contém a minha pegada; se eu desaparecesse, uma ínfima parte de mim integraria a pedra de seus edifícios, a terra das varandas, um microssulco do céu de Argel, mesmo que eu me reserve para o meu jardim.

No açougue da rua d'Isly, encomendo paleta de cordeiro para a *chorba*[16], uma sopa de tomates, carne de vaca, coentro, aletria para o meu filho. Enterro o corpo de Catherine, seu apartamento, sob uma montanha de tarefas a cumprir.

A cozinheira francesa que se tornou a cozinheira argelina.

Nós somos aqueles que alimentamos, a dupla nacionalidade de Erwan não me parece mais evidente, ele cresce, ganha os ares do pai por mimetismo.

O jardim se transforma, cipós, musgos, mato cobrindo as flores, protegendo-as. A noite cai mais cedo, Brahim volta mais tarde, eu não pergunto nada, nem ele, quando me levanto, atravesso o jardim, verifico a porta da garagem, as lanternas, os aparelhos elétricos, o gás. Bruce não me roubará Erwan, eu a dobrei, roubando pedaços de sua alma, seus pôsteres de Bruce Lee, sua escrita.

---

[16] *Chorba* é uma sopa muito consumida no norte da África e no Oriente Médio. Seus ingredientes incluem, além do cordeiro ou outro tipo de carne (vaca, porco ou frango), uma ampla gama de vegetais (tomate, batata, cenoura, nabo, entre outros). Pode ser engrossada com feijão (grão de bico, lentilha etc.) e é servida com pão e verduras. (N. do T.)

A polaroide prosseguirá sua transformação borrando os contornos de sua silhueta, revelando os do meu filho, materializado, pronto para receber e combater os sentimentos dela.

Eu também estou pronta, sugerindo a Erwan que convide sua amiga à nossa casa, esperando domá-la entre meus muros e domar meu desejo selvagem por sua mãe.

Sou uma manipuladora ou a vítima das minhas mentiras?

No rádio-cassete, *I'm not in love*, da banda 10 cc.

As voltas no carro como as voltas no meu coração; houve uma partida, haverá uma chegada. Pointe Pescade ou as lojas embaixo do edifício de Catherine Bousba que dão acesso à cidade proibida? Creio tê-la visto no trânsito, dentro de um Citroën CX, acompanhada de um homem mais velho.

Minha imaginação sobre ela é inesgotável.

Ela é autoritária, infiel, cruel, sedutora.

Seus gestos são precisos, sua dicção clara, sua pele é sua roupa e sua roupa é sua pele.

As unhas são pintadas, as das mãos, as dos pés.

Os cabelos são enrolados, os dentes mordem os lábios.

Ela é uma amante, uma esposa. Não a imagino como mãe.

Ela não tem infância.

Ela é a primeira mulher. Ela é mulher de todas as mulheres, ocupando o topo da pirâmide, encarnando a feminilidade, a ideia que eu faço dela, tranquilidade e desejo carnal, que é o desejo dos homens em meu mundo atrasado, remoto, complexo.

Ela não é a presa.

Ela é a que perdemos tão logo nos aproximamos.

Catherine.

O arrependimento de não ter roubado um objeto que lhe pertencia, guardando-o comigo na palma das mãos.

O arrependimento de não ter conservado a ponta do seu cigarro no cinzeiro do meu carro.

O arrependimento de não tê-la advertido contra Bruce a respeito de Erwan.

As contradições do amor. Meu coração é um condenado.

Eu levo os marinheiros, os ladrões, os bandidos, ela é dona dos imperadores e dos jovens primeiros-ministros.

Ela vai embora, não vamos deixá-la.

Ela é indiferente ao amor, ao sentimentalismo.

Todas as canções me falam dela, eu a odeio.

A aletria ou o cabelinho de anjo, a recompensa após a escola.

Os desenhos de Erwan — tanques, aviões, homens em uniforme, castelos, cavalos — não irão interromper a trajetória dos desenhos de Bruce.

No quarto do meu filho, em segurança, sentada na sua cama, observo-o fazendo seus deveres de casa, debruçado sobre o caderno como se estivesse debruçado na água para nela descobrir o reflexo do seu rosto. A infância é um país imaginário que não se deve destruir. Bruce não tem infância, seu futuro está amputado.

Se Catherine tomasse Brahim, se eles se vissem às escondidas, ocupando seu encontro clandestino para se beijarem e me maldizerem, bastaria esperar. Brahim não seria capaz de manter a relação, ficaria agradecido e depois viria chorar aos meus pés.

A beleza do meu marido não é sexual. Eu sonho com ele submisso, ferido, ele é suave.

Quando dançávamos juntos, eu me sentia protegida por toda a vida; com o passar dos anos, sonho em vê-lo fugir e lutar para alcançá-lo e seduzi-lo. A paz de espírito é o túmulo do desejo. A tensão carnal: brasa da fogueira que é preciso atiçar.

Dormimos como amigos, Brahim segura meus quadris para não cair ou para me tranquilizar, só Catherine me assusta no momento. Brahim se contenta com minha ternura retribuída, beija-me na testa.

Em meus sonhos, no centro de uma farândola de mulheres armadas de arco e flecha, personagens das pinturas pré-históricas de Tassili, eu sou a oferenda a ser desfrutada, a cativa a ser torturada. Catherine remete a uma paixão arcaica, paixão do meu corpo quando descobri o gozo, estupefata, impaciente por reproduzi-lo.

Estou presa às loucuras do desejo, a névoa no solo é a das almas quando elas não conseguem se elevar, arrastando-se entre nós, trágicas, condenadas, assim me torno.

Minhas cinzas um dia no meu jardim.

A oposição entre meu corpo de mãe e meu corpo de mulher. Erwan não duvida de nada — a alegria da ignorância.

Torta de merengue de limão: bater os ovos, derreter a manteiga, adicionar o açúcar, extrair a fruta, moê-la, amassar a farinha, esmagar a massa com o punho, achatá-la, colocá-la no forno, esperar, vigiar, tantos gestos que eu poderia realizar, repetir, em um corpo para cuidar, para curar.

A doença do amor.

Bruce está no portão de casa; ela tocou, espero, fico na cozinha, encarrego Erwan de recebê-la. Ela vem até a mim, um buquê na mão, flores escolhidas no parque do seu edifício. Veio sozinha, a pé, sem Catherine. Avança na minha direção para me beijar, evito seu beijo. Usa uma jaqueta, um suéter de gola alta, calças, botas de combate, uma roupa de guerreiro, seja para intimidar Erwan, para colocá-lo na linha na sua própria casa, seja para me intimidar: eu não devo me aproximar da sua mãe.

A laranjada e os biscoitos à espera da torta, Bruce está sem fome, agradece. Não há doçura em seu olhar assustado.

Ela tem os olhos e o ar perdido dos animais.

Ela cortou o cabelo — Bruce Lee.

Ela tira a jaqueta, coloca-a no sofá, não ouso tocar na sua roupa, mudá-la de lugar. Observo-a se movimentar na casa, atravessar a sala de estar, ir para o terraço, para as escadas.

O corpo e o rosto de um menino, procuro a menininha, não a encontrando volto para Bruce, erro ou prodígio da natureza? E se nós fôssemos seres duais, se a sociedade se enganasse ao nos atribuir um gênero, se Bruce tivesse razão?

A admiração de meu filho por Bruce me dói, não estou com ciúme, estou triste por Erwan, falta-lhe uma dimensão, ele sabe disso, ele a segue, implora. Bruce Lee é o modelo de Bruce que por sua vez é o modelo de Erwan. Nenhuma criança idolatra meu filho.

Eles têm dez anos.

A tenra juventude e o desejo já simbolizado pela autoridade, pela distribuição dos papéis, pela tensão.

Bruce não é a assassina de Erwan, ela é a assassina dela mesma, que mata a criança-menina para fazer eclodir a criança-menino. Ela se suicidou e seus desenhos, suas linhas, são a história do seu suicídio.

É impossível contradizer a natureza, trair seu nascimento, andar para trás no mundo. Já não a admiro, tenho pena dela. Seu sofrimento é mudo. Chorar por seu destino seria admitir seu crime.

Ela mudou de nome para mudar seu destino.

Não percebo nenhuma afeição de sua parte para com Erwan, ela se serve dele, ele a distrai, ela o domina, ele a conforta em sua imagem truncada, ela é superior a um verdadeiro menino.

Bruce é um sábio.

Não queria um segundo filho, correr o risco de ter uma filha, não saberia como lidar com isso, ficaria com ciúmes da relação dela com Brahim, com Erwan, como Catherine, continuo sendo a única mulher da nossa casa. As mulheres não gostam das mulheres.

Catherine não ligou para saber se Bruce tinha chegado bem; será que ela tem o nosso número de telefone?

O império dos homens terá quebrado o império das mulheres. Não somos solidárias.

Meu desejo por Catherine é movido pelo ciúme. Não quero beijá-la, quero usufruir da sua força e da sua liberdade. Ela é meu pôster.

A adoração só dura um tempo, Erwan recuperará o seu juízo, eu recuperarei o meu.

As florezinhas de Bruce, violetas, dentes-de-leão, açafrão, gramíneas, espremidas em um estojo de ervas daninhas. Pergunto-me se Catherine montou o buquê ou se Bruce se dedicou a escolher o que me ofereceu: visão fugitiva, falsa, de Bruce manifestando um sentimento por mim logo expulso por seu olhar para as minhas roupas. Estou sentada em um degrau da escada, eu os incomodo, volto para minha cozinha, a torta infla como meu coração em lágrimas.

Os gritos, os risos, a selvageria de Bruce solta no jardim, fera que poderia saquear, desfazer, destruir tanto as minhas plantas, minhas flores, minhas árvores, quanto meu filho. Confio em Erwan, vigilante, entregue a Bruce, esperando que ela compartilhe seus poderes com meu menino inocente.

Brahim, como na enseada, retirou-se, foi para a cidade, fugindo da companhia das crianças, fugindo talvez também de mim. Nossas carnes não se reconhecem mais durante a noite.

Somos casados sem desejo. Nossos silêncios a esse respeito me sufocam — não dizer nada para que ele não exista, volte, nos surpreenda. Catherine poderia nos ajudar.

"Erwan é a garota" é uma constatação insuportável e a revelação da minha misoginia latente. Eu me detesto.

Deixo a cozinha enquanto Erwan e Bruce estão na figueira, sentados no galho mais alto. A visão de nossos corpos pendurados retorna. A eles se somam os corpos de Catherine e de sua filha.

Brahim ontem: um homem esteve na fábrica, perguntou-lhe se ele fornecia papel ao Liceu Francês, à embaixada da França, à imprensa argelina, verificou seus pedidos de encomenda e suas entregas anteriores.

Catherine é um escudo. Com ela, insulto a milícia, rechaço o ladrão da garagem, bato no motorista do Renault 8, com ela eu me torno um homem. A fragilidade física das mulheres e o ódio dos homens por este motivo. A gentileza de Brahim não me tranquiliza. Ele não saberia nos defender, ele seria o primeiro a morrer e não assistiria à nossa agonia.

Imagino Catherine no terraço do seu apartamento observando sua filha, meu filho, buscando minha silhueta que aparece, desaparece, da área de brincadeiras de nossas crianças que crescem, como as raízes sob seus pés, tentáculos rastejantes, invisíveis, esquadrinhando as fundações da casa e das residências vizinhas, precipitando-se em direção à cidade, procurando um ponto de apoio no fundo da água.

Não sei se Amar voltou, Bruce não fala de seus pais, tem vergonha deles, ou deseja protegê-los, lendo no meu jogo, adivinhando as minhas intenções e se enganando.

Quero Catherine em minhas divagações, eu não poderia passar à ação mesmo se ela me pedisse. O medo me obriga à solidão sensual. Loucura pensar que ela poderia me desejar; não faço seu gênero, afogada em minhas roupas, na minha melancolia, nas minhas areias movediças, ela deve frequentar mulheres à sua imagem, belas, atraentes, livres ou profissionais cuja ocupação é dar prazer e desaparecer sem dizer adeus.

Na verdade, não saberia o que fazer com ela, na imaginação, eu me deixo conduzir por seu desejo, obedecendo à sua voz, suas palavras, seus gestos, seguindo suas instruções. Nossa ligação seria um segundo nascimento, eu seria aplicada, dócil antes de aprender, de ganhar em saber, em experiência, depois eu convocaria meus amantes sujos para me punir pela minha infidelidade.

A doçura das mulheres, esta lenda.

Bruce e Erwan deixam o jardim, vão para o quarto do meu filho; ele fecha as persianas, nunca o faz, com medo da escuridão, admirando o jardim do seu quarto, a sombra das árvores sobre os muros, a loucura dos pássaros quando nasce a primavera.

Não intervenho. Espero. Seu quarto torna-se o quarto de Bruce. Ela comanda, como eu havia imaginado, decidindo um jogo secreto.

Meu filho, meu amor, eu gostaria de entrar no quarto, arrancá-lo de Bruce, me bater com ela, dar-lhe uma lição, mas não se luta com uma criança.

A filha de Catherine possui o olhar e as maneiras daqueles que viveram uma primeira vida no inferno e que esperam se vingar ou iniciar suas presas na violência. Bruce é satânica, Erwan é o cordeiro.

A força de seus braços, de seus bíceps, de seus ombros, de seu abdômen, pulando de galho em galho no jardim sem se deixar pegar, humilhando Erwan, o menino.

Seu lugar é no circo. Odeio esta frase.

Se lessem meus cadernos todos pensariam estar enganados a meu respeito: meu filho, espantado com o meu ciúme, Brahim, lendo a história do nosso amor, castelo abandonado às tempestades e aos corvos, Catherine zombando de mim e rasgando as passagens sobre ela. Apenas Bruce ficaria feliz por ter sido reconhecida.

Minhas palavras lavam minha alma, amenizam minha dor, o que está escrito existe sob uma outra forma, desnaturalizando a realidade, tornando-a aceitável, pois obsoleta, ultrapassada. Bruce poderia roubar meus cadernos, chantagear-me, exigir uma quantia em dinheiro em troca de um pedaço de carne de Erwan que ela cultivaria em um tubo de ensaio, enxertando-o em sua pele assim que a carne de Erwan estivesse plenamente madura.

Bruce poderia integrar meus cadernos aos dela, contando minha história, fazendo-se passar por mim, possuindo-me: metempsicose que convida para um corpo uma alma que existiu.

Não sei se o passado se convida no presente, sei que o futuro o incomoda. Tenho sonhos com decapitação, extirpação, famílias inimigas, infortúnio argelino. A guerra prossegue com outro nome. Devo continuar a escrever e a correr para o amanhã.

No jardim, parada diante das venezianas fechadas do quarto de Erwan, ouço música, a canção dos Eagles, *Hotel California*, nem uma palavra, nem uma risada. Eles dançam enlaçados ou sentados de pernas cruzadas, jogam dados, baralho, jogo das pedrinhas[17]?

Não sei se Bruce é uma menina aos olhos de Erwan ou se ele a considera um menino, autorizando-se a um vínculo que não o choca, não o espanta. Bruce seria o primeiro menino na vida amorosa de Erwan, abrindo a história do coração de meu filho, a história de sua vida, nada o impediria de mais tarde desejar um "verdadeiro" menino, "experimentando" com Bruce, treinando. Bruce o prepa-

[17] O jogo das pedrinhas consiste em lançar com uma mão para o alto uma das cinco pedrinhas que o compõe e pegar as demais que ficaram no chão, sucessivamente, com a outra. A brincadeira, cuja origem se perde no tempo, tem vários outros nomes pelo mundo, sendo o mais conhecido deles "jogo dos ossinhos" (daí "jeux aux osselets", em francês, e "knucklebones", em inglês), por ser jogado com pequenos ossos de animais. (N. do T.)

raria, o educaria para as ligações masculinas; mantendo Erwan, a possibilidade de restabelecer sua honra em caso de zombaria, pois Bruce continua sendo uma menina e o será ainda mais na adolescência, em pouco tempo, salvo se a vontade for mais forte que a natureza e Bruce conseguir reprimir seu sangue, seus quadris, seus seios.

Não sei se Bruce considera Erwan um menino ou se percebeu nele uma delicadeza, a que se confere equivocadamente às meninas, batizando-o desde o dia de seu encontro de Rio, reservando-se o direito de consolá-lo e talvez de persegui-lo, salvadora e tirana, ela viveria sua primeira história, treinando por sua vez antes de conquistar o coração de mulheres de verdade — acho que não.

Bruce não está apaixonada por Erwan, nem o será, ela coloca nele o que lhe falta, Erwan é doce, mas seu corpo se transforma, será o objeto de uma rivalidade, logo meu filho ficará mais forte que Bruce. Logo os amigos se separarão.

E se o filho único carregasse as fantasias de seus pais, o de não ter tido um filho ou o de não ter tido uma filha? E se o corpo de um menino cresceu na ausência do corpo de uma menina e se o corpo de uma menina cresceu na ausência do corpo de um menino, preenchendo os vazios, consolando os arrependimentos sufocados dos pais?

Vivemos na obsessão do espectro de nós mesmos. Os homens, as mulheres, procuram, através do amor, encontrar sua parte invisível, complementar. Decepcionados, voltam a procurar e a se perder.

Na figueira, minhas mãos sobre a marca das mãos de Bruce, voando como Bruce Lee, de galho em galho sem se espatifar no chão. Que astro terá obscurecido seu nascimento?

O outono, estação do declínio. Minhas flores parecem ter adormecido, as folhas sobem pelo muro, emaranham-se sem se destruir, resistentes às chuvas, aos tufões. Solidão do meu corpo que já não goza e onipresença de Catherine, segunda pele que não para de crescer sob a minha. Ficarei decepcionada como os amantes que se olham sem se reconhecer.

O merengue está perfeito, vermelho e branco, pudim de neve manchado, equilibra-se sobre a superfície de limão, espumosa e arejada, suficientemente densa para não se desfazer e se estragar. Coloco a mesa na cozinha, tenho dois filhos.

Não entro no quarto, chamo-os.

Bruce tirou seu suéter, ela usa uma malha do exército, o emblema está mal costurado do lado direito, Erwan desabotoou dois botões da sua camisa, os cabelos colados pelo suor, eles lutaram ou não, Erwan me contará. Como o pai, ele não sabe mentir.

Sinto-me incomodada pelo olhar de Bruce, a criança em fúria contra os adultos que não conseguem observá-la sem a examinar, evocá-la sem se questionar. A diferença é uma afronta, penso nas palavras de Catherine sobre seu pai. Bruce é de uma outra época, vinda da Antiguidade, meio humana, meio animal, personagem de um conto, de uma arca de Noé.

Nós três. O silêncio me liga à infância deles. Sou uma menina pequena e detesto essa sensação. Mais distante, na cidade, Brahim dirige para fugir de nós. Mais acima, na rua, Catherine se entrega, em meus pensamentos, ao prazer, pelas costas do marido, de Bruce, entre o céu e a terra, tendo os cabelos como uma única vestimenta.

Bruce.

Suas unhas roídas.

Seu apetite de pássaro.

A franja cortada enviesada, um tufo no alto da cabeça.

Seu cheiro de suor.

As pernas cruzadas.

Os nervos e a magreza.

Sua beleza a deixou.

Ela quer ir para casa, não quer que eu a acompanhe.

No portão nós a observamos, Erwan e eu; depois da esquina, Bruce não é mais visível. Imagino-a andando mais rápido, na pressa de voltar ao prédio construído para ela, ele protege seus gestos, seus exercícios, seus desenhos, sua escrita, suas orações, seu ídolo, na pressa de encontrar o corpo flexível de sua mãe, ela afundará nele, entrará nele, mergulhando nos líquidos embalados, na carne quente, no sangue e na linfa nutritiva, nas bolhas de oxigênio, respirando novamente, agarrando-se às costelas de Catherine como se agarrava aos galhos das árvores do meu jardim.

O vinho restaura, volto à superfície, eu a nadadora de longa distância. O pescoço do meu filho, seu cheiro, seus beijos, ele é o oposto de Bruce, ele é a clareira, ela é a floresta, ele é o céu, ela é a noite, ele é a esperança, ela é a ameaça.

Transmissão. Brahim de volta assume o lugar de Erwan. Tomo seu rosto em minhas mãos, eu os amo com o mesmo amor.

No caderno, tento reconstituir o rosto de Bruce, suas feições estão se dissipando, não a reconheço, nada pode pegá-la, detê-la.

Medo de que tenha acontecido alguma coisa com ela no caminho. Lembro-me das palavras dos meninos que jogavam futebol a seu respeito, *ataï*, "bicha". A sucessão de villas com jardins que transbordam a terá protegido, absorvido. Bruce juntou-se ao magma da terra, o lugar de sua concepção, de sua gestação.

Não pergunto a Erwan sobre o quarto, a música, as persianas fechadas, tenho medo de saber a verdade, também tenho medo de perturbá-lo. A infância, a pena e a penugem.

Imagino Bruce descendo nossa rua, desviando em direção à cidade, perdendo-se na multidão de homens, reconhecendo-se neles, continuando seu curso em direção às arcadas, aos cais, ao porto, entrando em um cargueiro e se escondendo em um contêiner.

Tirando sua camisa para lavá-la, observo um arranhão na barriga de Erwan, a roseira, diz ele. As gotas de sangue seco formaram um traço perfeito na sua pele. Ferida de Bruce.

Lamento não ter insistido em acompanhá-la, deveria ligar, mas não quero ouvir a voz de Catherine, ela atrapalharia minhas horas, minha noite, meus sonhos. O tédio inventou um elo, eu bordo em volta da figura de uma mulher um tecido de fio de ouro. Nada existe entre nós, a não ser o cenário de Argel que nos separa. Por detrás do bordado, os nós da minha maldade. E se eu não tivesse acompanhado Bruce para me livrar dela?

Argel influencia as mulheres, Bruce travesti, Catherine atriz, eu no meu terraço divagando com o vinho. Nós encontramos nossos refúgios, a mentira, a sedução, a fantasia.

A frustração de Bruce de não ser um menino quando ela olha Erwan; devo separá-los.

Culpa por ter abandonado Bruce à sua loucura e à rua, ela partiu tão depressa, como se tivesse roubado um objeto. Devo ligar para Catherine, conferir.

As crianças sem infância também são representadas nas pinturas das cavernas de Tassili, entre caçadores, guerreiros, animais, montanhas, fendas, pântanos. Crianças apanhadas na violência dos homens, da geografia, dos tropismos e nas tormentas do clima.

Cenas de vida e de morte muitas vezes reproduzidas por mulheres sem memória do que eles foram, do que nós fomos, do que somos, do que nos tornaremos.

Cenas gravadas como advertência, a raiva não desaparece, ela fica de prontidão, ela volta, ela voltará.

Cenas indeléveis que iluminam o passado e assombram o destino da humanidade.

A televisão ao fundo, a voz do apresentador, a língua árabe me embalando, redescubro a sensação de viver no estrangeiro, de não ser daqui, de ter tudo a construir, minha casa, meu jardim, a educação de meu filho, o desejo de meu marido. Não me lembro mais de nossos primeiros anos, exceto de ter me enganado.

Verifico o telefone, a linha, Erwan garante ter me dado o número de Bruce.

Erwan, o apaixonado paralisado.

Na frente do meu filho não ouso nenhum gesto, nenhuma palavra, admirando Bruce quando ela cuspiu do galho mais alto da figueira, mostrando-lhe o seu poder, mostrando-lhe a sua inferioridade.

Meu filho, minha filha. Erwan, o Rio.

Vontade de ouvir a voz de Catherine apesar de tudo, sonho em convidá-la a vir a nossa casa, em cozinhar para ela, em substituir meus hábitos domésticos pelo hábito da sua pele, suas palavras, suas histórias, seus homens, se existirem, para que se tornem meus, deixando a brutalidade dos marinheiros e dos estivadores imaginários, juntando-me ao seu nível, eu, a pouco amada.

Sou injusta com Brahim quando escrevo isso, ele tem tanto amor por mim que aceita o fim do desejo, o distanciamento. Ele não espera, ele continua. Ele trabalha por nós, pela casa, os cheques que ele me dá para fazer as compras não são humilhantes; ele me protege, como um homem acha que deve proteger a mulher que ama e que cuida do seu lar.

O amor eterno, prometido perante testemunhas.

Minha traição é lenta, passo a passo, como na escada do prédio dos Bousba. Eu deveria me contentar com o que tenho. Não sei o que quero, mas sei o que desejo — que aconteça alguma coisa, para o bem ou para o mal, que minha existência ganhe um sentido, mesmo que eu tenha de me jogar nos braços do diabo e beijá-lo.

Tenho de ligar para Catherine, por Bruce, por mim.

Telefono para ela.

Ela diz que ia mesmo me ligar (não é verdade). Firmamos um acordo mudo. Nossos filhos nos aproximam, apesar das nossas intenções diferentes. Eu a distraio, ela me fascina. Amanhã, Blida, o campo, juntas. Brahim prefere não nos acompanhar, prefere ficar e se ocupar da nossa próxima viagem a Bou Saada. Não acredito, não protesto.

Prefiro as mentiras à verdade.

Os campos de margaridas gigantes. Bruce e Erwan desaparecem no meio das flores. É preciso afastar os caules para avançar, eles são longos, estriados, quando se quebram, campo vegetal animal, sai uma cola de dentro. As plantas pegajosas retardam o nosso avanço, é preciso lutar com elas como se lutássemos com crianças.

Catherine me segura pelo ombro para não cair, cabe a mim o papel do homem, protegê-la, a natureza é meu reino, sua violência é minha violência.

O cheiro da terra molhada, choveu na noite passada, o brilho das pedras, as margaridas ferem nossas mãos. Lamber o sangue de Catherine e me tornar o que ela é, não poderia ser a mãe de Bruce.

As crianças enlouqueceram no campo, vamos perdê-las sem encontrá-las, deixá-las por sua conta, sua luta, seu amor anormal.

Erwan e Bruce.

Esgotam a tensão, gritam e lutam, as margaridas gigantes atiçam o desejo, o ódio de Bruce contra Erwan, o de Erwan contra Bruce, ambos se culpando por sua história impossível, sua união proibida.

Eles não têm futuro, vão se distanciar, vão se detestar, perder-se de vista, não vão se reencontrar, matando o vínculo e os desejos relacionados a ele. Desejo de morte, de vitória, de alienação; crueldade da infância e influência da Argélia em nossos seres. Eu não seria a mulher que me tornei se tivesse ficado na França. Erwan seria um menino diferente. Catherine partirá a tempo, levando Bruce para outras terras, outras vitórias, outras tragédias, não saberia em que a Argélia a terá mudado, convertido.

Camponeses poderiam nos raptar. Liberariam as crianças, manteriam-nos como escravas sexuais. Catherine seria a mais cobiçada, a mais solicitada, eu a veria sofrer, teria prazer com o seu sofrimento.

A loucura da minha mente.

Não sinto nenhuma vergonha dos meus pensamentos, meus cadernos os purificam; assim que os escrevo, eles se tornam menos sujos, menos estranhos. As palavras extraídas do meu ser são ornamentos, Bruce entendeu, ela escurece seus bloqueios, libera suas blasfêmias esperando ser lida e salva.

No carro, antes de encontrarmos Bruce e Catherine na praça central de Blida, Erwan, sem que eu lhe perguntasse, me falou sobre uma das suas brincadeiras — almofadas, travesseiros arrumados na cama e no pequeno sofá do seu quarto, eles brincavam de "O bordel", cada um escolhendo uma prostituta para satisfazer seu prazer. Ele não se surpreende com o papel desempenhado por Bruce, um cliente, masculino, projetando seu desejo por uma mulher, em sua companhia, efeito espelho de duas crianças que se tornaram rapazes.

Meu filho — sua franqueza e seus impulsos.

O lodo, a lama, os caracois, o campo e um campo de batalha no qual não caminhamos, e sim nos esticamos, os membros, os músculos, dilacerados pelas flores gigantescas, afundando na grama encharcada, selva do campo argelino após a tempestade, esta terra se merece, deve ser conquistada, aprendida, deve ser reverenciada; ela continua virgem, apesar de sua memória, região arrasada, pilhada, queimada, durante a guerra, aldeias e bastiões da resistência agora deixados, alguns, ao abandono.

Peguei minha tesoura, abro caminho para nós, as crianças, embriagadas, estão longe mais à frente, suas vozes formam espirais, misturam-se, eu não distingo mais a de Erwan da de Bruce. Os irmãos gêmeos.

Quanto mais eu corto as flores gigantes que nos bloqueiam, mais Catherine se entrega a mim.

Amar logo estará de volta de viagem, estava na África Central, ela teme seus retornos, quando regressa das plataformas de petróleo ele está sempre "no atraso", pula sobre ela como se fosse um animal (são palavras dela), isso antes não a aborrecia, pelo contrário, ela não tem preconceito e é bem ligada na coisa (esta confidência me incomoda), mas ela está saindo com alguém neste momento e não consegue lidar de frente com dois desejos, o de seu marido, o de seu amante — ela deve matar um dos dois na sua mente para conservar sua dignidade.

Ela sempre soube como lidar com os homens, desde os tempos do secundário, ela agradava, aproveitava-se disso, divertia-se com eles, utilizava-os, ela teve suas experiências antes do grande salto — o casamento, a fidelidade, mas nunca chegou a enganar Amar; ela, aliás, o preferiu aos outros e se casou com ele porque ele também não era fiel e porque ele compreenderia. Os homens, mesmo infiéis, são exclusivos — macho, genitor, chefe, eles não dividem.

Quando Bruce nasceu, Amar teve dúvidas, Catherine lhe garante que ele é o pai, aliás, ela é parecida com ele, tem os olhos, a boca e os gestos de seu marido. A menina quis mesmo, desde a mais tenra idade, tornar-se ele, ou um homem o máximo possível parecido com ele, com seus sapatos, suas roupas, seu corte de cabelo.

Catherine deixou acontecer, sua filha a espanta, a diverte, a amedronta, mesmo sabendo que Bruce sofrerá.

O sofrimento das mulheres inscrito em seu futuro.

Catherine tem medo de ter me chocado, eu a tranquilizo, antes estou triste — minha imagem de avental quadriculado esvaziando as cabeças dos peixes-escorpião, dos besugos, descamando a pele oleosa e brilhante dos salmões, decapitando as pequenas sardinhas antes de fritá-las. Não conheço nada dos homens a não ser em meu delírio. Brahim é o primeiro, ele será o último.

Catherine no campo das margaridas gigantes e selvagens parece um animal. Poderia tirar uma fotografia polaroide do seu corpo, nada de humano apareceria quando a imagem fosse revelada.

As confidências sexuais.

O sentimento que eu provoco nela, pena ou piedade.

Imagino-a no submundo de Argel passando de mão em mão, a pele negra de sujeira e de fuligem, escarros nos cabelos, de joelhos, de quatro, insaciável e humilhada, sedenta e caída, o olhar febril e a boca esfolada.

O bordel do jogo de Bruce ou o quarto da sua mãe?

Ela também tem medo da violência de Amar em relação à filha, isso pode acontecer, um tapa na cara, uma cintada, ele vê em Bruce um rival, ela o provoca, modelo masculino, pai e anti-pai que Bruce consegue respeitar porque ele lhe roubou a mãe.

Um dia, ela sabe disso, Catherine partirá sem dizer nada, a não ser que Amar acabe encontrando antes uma outra base, em um outro país, sua companhia de petróleo tem filiais ao redor do mundo, ela o seguiria, ainda o ama porque ele lhe escapa — a ausência, esse palácio das delícias.

Quando Amar volta, se está sem amante, ela se prepara como uma esposa, oferece-se como uma amante, queixa-se como uma mãe que não está mais sozinha com seu filho.

Catherine pertence a todos os homens e eu não a possuo. Então, referindo-se a Brahim: "Acho que vocês não combinam".

Corto azevinhos, cardos, flores que espetam, juncos com espinhos, tudo o que machuca para me punir por não contradizê-la.

Os galhos das árvores secas como antenas captando as mensagens dos mortos.

Voltamos para Argel, seguindo de perto o carro de Catherine, começo a pensar no motorista do Renault 8 perseguindo uma mulher, forçando-a a acelerar, a provocar um acidente. Erwan adormece no banco de trás, a chuva vai voltar, pesada, viscosa, tento sintonizar uma estação italiana no rádio, só recebo o som de uma frequência inaudível, voz de uma criatura que tentaria nos avisar.

Na entrada da capital, nossos carros se separam, Catherine dirige mais rápido que eu, tenho medo de encontrar Brahim depois do seu dardo "vocês não combinam".

Nossa casa parece menor que de costume, cacos de vidro caíram na calçada, um visitante, o vento, um esquilo. Estaciono do lado de fora, desperto Erwan adormecido, imerso em seus sonhos de porta--aviões e carros de combate. A chuva surge, uma torrente de lama escorre desde o Edifício Shell, arrastando em seu curso e na minha imaginação os vestidos, a maquiagem, as roupas íntimas de Catherine, a alma má de Bruce.

A casa está deserta, Brahim partiu deixando sobre a mesa da sala de jantar um mapa rodoviário, passagens de avião, o folheto do nosso hotel em Bou Saada, a luz da sala de estar, do nosso quarto; na garagem, seu carro desapareceu.

Acredito na circulação de pensamentos, à distância ele terá ouvido Catherine dissolver a pedra do nosso casal, iluminar nosso silêncio, "não combinam" significando andar em um passo desarticulado, no contratempo, no oposto da corrida do desejo que reúne.

Eu o espero.

Meu homem, meu marido. Odeio Catherine.

Tranquilizo Erwan inquieto, seu pai voltará, saiu para dar uma corrida, certamente.

Com o vinho, a espera não existe mais. Argel se ergue como um jogo de armar, o vento aciona seus cataventos, faz tombar seus guindastes, os lençóis voam para longe, os navios se contorcem, cruzam o horizonte, desaparecem em um abismo.

A túnica saariana de Catherine, sua calça de lona enfiada em botas de borracha, sua pele de loura se divertindo em lugares que eu não frequento, bebendo bebidas que queimam, as feições do rosto deformadas pela espiral de fumaça do cigarro.

O álcool enlouquece.

No toca-discos, a música de Serge Reggiani, *Ma liberté*.

Picar os tomates, cortar o manjericão, esmigalhar o queijo, colocar a massa para ferver no fogo. Erwan, esgotado, observa-me na cozinha, retomo meu juízo, mãe pássaro, meus gestos de dona de casa me salvam do medo, me dão um papel, meu filho se lembrará de mim assim, perto do forno e do fogão, escolhendo, cortando, lavando, o sangue do peixe nas mãos, o cheiro do frango nos cabelos, nas roupas, amaciando a carne quando ela está com muito nervo, *boeuf bourguignon*, batatas assadas com casca, alcachofras ao vinagrete, batatas fritas na faca, bolo de banana, bolo de chocolate, *crêpe Suzette*, rins (ricos em ferro), laranjas sanguíneas para as vitaminas, leite com chocolate, torradas e, ainda aprendendo, glacês, aromas, sucos, beringelas cristalizadas, geleia de marmelo, para aperfeiçoar o meu papel de mãe, já que falhei no papel de mulher.

O jardim embaixo d'água por detrás das cortinas do quarto, as pedras, os juncos, as flores cercando as vinhas do vinho da noite, o barulho da chuva, salpicos no telhado da nossa casa. Erwan dorme, poderíamos viver juntos, não sair mais, veria meu filho crescer como uma planta. Homem, ele substituiria Brahim, eu ficaria sob suas ordens, esperando-o de noite, esposa simbólica que não beija nem abraça o único filho da sua vida.

Na noite, o barulho do carro, da garagem, da porta, do molho de chaves. Não me mexo. Brahim se deita ao meu lado, vira-me de costas, levanta minha camisola, força meu sexo com a mão. Não digo nada.

6

Os laços paralelos. Catherine e eu, Bruce e Erwan.

Depois da escola, dirijo-me ao Edifício Shell com Erwan e Bruce. Catherine nos espera.

O porteiro me cumprimenta, subo a rampa, tenho meu lugar sob as pilastras, o de Amar. A familiaridade de um lugar que eu fantasio torna-o menos potente.

Eu ocupo as horas de Catherine, Erwan ocupa os segundos de Bruce, exigente, brutal, agressiva.

Eles travam uma guerra de nervos, brincam que estão andando a cavalo, de moto, berram, loucos de ódio e desejo reprimidos. Eles têm o mesmo jeito de se expressar, de andar, de esmurrar as paredes do quarto de Bruce com as luvas de boxe, fazendo voar o *nunchaku*, quebrando uma vidraça. Eles cheiram, cospem, arranham-se, abatidos, deitados sobre o chão, eles desenham círculos que se multiplicam, confundem-se, sóis vermelhos, luas negras, traçam o que não vemos, não alcançamos, não compreendemos.

O combate deles não é com armas iguais. Erwan se tornará um rapaz, Bruce estagnará ou mudará. Ela está com raiva, ressentida com Erwan, atinge-o, ele se defende, aprende com ela, toma-lhe tudo, girando sob os pôsteres de Bruce Lee, revoltado por ser tomado por um fraco, uma garota. Ele poderia esmagá-la com seu punho, não se atreve, não se atreverá, o futuro lhe pertence. Por mais que Bruce corra, Erwan a ultrapassará, amará, gozará, ele estará no seu lugar, no lugar certo, no clã dos homens.

Bruce, a invertida que ilumina. Ela tem um livro educativo sobre sexualidade, empresta-o a Erwan. Eu o folheio, imagino-os escolhendo a foto do meio em duas páginas, preta e branca: um homem nu está deitado sobre uma mulher nua. Erwan se identifica com o homem, Bruce não se identifica com a mulher.

Só existe uma mulher: sua mãe.

As mãos de Catherine fazendo as unhas. Ela sopra o esmalte para que ele seque mais depressa.

Sua saia comprida de camurça apertada na cintura, suas nádegas.

Os pulôveres em V, seus finos cordões de ouro sobre o decote.

O tom da sua voz, entre a elegância e o desprezo.

Ela não atende o telefone na minha presença ou na presença da sua filha?

Ela gostaria de conhecer todos os continentes e todos os seus homens.

Seu corpo está em todos os homens, mas continua indócil.

Os homens são devotados à sua pessoa, não o contrário.

Há mulheres que consagram seu tempo à sedução dos homens; através deles, elas se desejam.

Amar trará de sua viagem roupas íntimas, um par de sapatos de salto alto. Ele sabe qual é o número dela, ele é o homem da sua mulher.

Quero nadar no sangue de Catherine, perder-me em sua história, remontar à origem das mulheres, reencontrar minha história, a que eu fui, a que eu teria podido me tornar. Quero estar em seus braços para me consolar daquilo que não sou.

Ela me aconselha a mudar de penteado, de guarda-roupa. Ela me maquia, passa a mão sobre minha bochecha, às vezes sou o cachorrinho do mendigo adestrador, às vezes a mãe de Erwan. Na presença de nossos filhos, meu desejo se dilui, ultrapassa sua pessoa. Eu miro seus homens, o invisível, o que não existe, o não vai acontecer.

Será que ela tem consciência de seus gestos em relação a mim, — tomar minha mão, tocar meu ombro, roçar minha pele — ou será um gesto feminino que dirige a ela mesma, não fazendo nenhuma diferença? Somente os homens são a tentação, o objeto. Ela mantém comigo uma relação que poderia não existir. Não sou indispensável.

Ela vem à minha casa na ausência de Brahim; na escada do terraço, creio ver o fantasma dos meus caprichos, logo me habituo ao seu corpo no meu lugar como se ele estivesse em mim.

Em frente ao meu jardim, como se ela o desfizesse, como que um na presença do outro não tivesse mais o mesmo valor e se anulasse. Ela não vai nem no quarto de Erwan nem no quarto do casal, recusando-se a ver o cenário de Bruce quando ela vem aqui em casa, o cenário de Brahim quando dormimos juntos.

Meus doces, minhas oferendas. Mas, como a filha, ela tem um apetite de passarinho. As mulheres rejeitam o alimento, preferem distribuí-lo à sua prole, o controle e o sacrifício.

A memória das guerras e das fomes, os seios, os quadris, as coxas das mulheres, reservas de carne, de leite, memória de sofrimento das famílias, dos povos.

Não recebo elogios sobre Erwan, quando elogio Bruce, ela sabe que estou mentindo, que sua filha me incomoda, choca-me. Sou atrasada comparada a ela, à moda antiga, provinciana.

Quando estivermos em Bou Saada, ela estará em Paris com Bruce e seu marido. Eu as imagino na cidade recusando-se a voltar para Argel, nada as prende aqui. Paris contra o pequeno deserto.

O céu nos une, do seu edifício à casa, caminho curto que não deixarei quando ela descobrir uma cidade nova.

Estou destinada à Argélia. Quando criança, não sabia disso.

Um final de tarde, eu a acompanho, com Bruce, sem Erwan, ultrapasso a guarita, subo, deixo-as diante do seu prédio, depois da rampa, paro no meio do caminho, desço do carro, atravesso um pátio, é quase noite, quero visitar o parque, ele se abre para mim. Entro numa aleia, chego a uma laje onde homens tomam sol quando chega o verão, nus, misturados, uns sobre os outros, manequins, gordura, corpos de pedra, musculosos, rolando, sobrepondo-se ao abrigo do olhar das mulheres.

De dia, o parque está no limite, como se tivesse recuado durante a noite, mantendo-se à distância do prédio, Catherine não desce, eu vigio Erwan e Bruce atravessando os caminhos de terra, mergulhando nos banhados de ervas, ondas verdes ondulando sob as lufadas de vento. Seus joelhos, seus cotovelos estão arranhados, eles se batem entre si, contra os espinhos, as cascas, as urtigas, a paisagem também é um adversário, Erwan e Bruce desafiam a terra, as árvores, nada deve lhes resistir, tudo deve ser curvar à violência que eles esgotam, mas ela renasce mais forte. Catherine nos vigia do seu último andar, reinando sobre o lugar, as crianças, meu corpo deve lhe parecer tão pequeno visto de cima. Não somos nada, as histórias se sucedem, famílias nascem e morrem, amizades se formam e se desfazem, amores surgem sem pedir licença.

Amar voltou de viagem. Catherine quer nos apresentá-lo. Tenho medo de encontrá-lo, medo do seu julgamento sobre mim, sobre Brahim, medo de descobrir uma outra Catherine, como se seu marido fosse revelá-la de uma outra forma, como se eu não fosse reconhecê-la e me sentir abandonada.

Erwan também está convidado.

Não reconheceria os lugares, esconderia-me atrás do meu filho, do meu marido, embaraçada e pouco à vontade. Perdi o hábito do grupo, minhas relações se fazem a dois — intimidade e destruição.

Brahim está feliz em sair, nós não convidamos mais seus amigos, a casa está fechada sobre nós, por minha causa, do vinho, por causa do jardim, de suas ondas magnéticas, hipnóticas, que nos mantêm prisioneiros, obrigados a admirá-lo, a vigiar suas flores, nascimento e apodrecimento, por causa da cidade, Argel, barulhenta, agressiva, superpovoada.

Tenho medo de ter vergonha de Brahim. Detesto esta frase, mas ela é verdadeira. Vergonha da sua roupa, da sua conversa, como se tudo o que me aproximava não estivesse à altura, como se Amar fosse necessariamente superior a Brahim.

Vestido, saia ou calça? Catherine estará mais bonita do que eu, como de hábito, não estou com ciúme, gostaria de ter seu dom, tudo cai bem nela, rola bem, como sua língua quando é beijada, beijo profundo e sexual.

Vestido preto, mangas compridas e gola alta, fazendo-me pensar em jovens religiosas, nenhuma tomada pelo desejo; invisíveis na cidade, elas escapam à sujeira dos homens, à sua impaciência, os senhores dos muros e do asfalto, a quem a cidade pertence, assassinos da juventude, da pureza. As jovens avançam, passando através das hordas para ganhar os bancos da universidade, seus quartos de estudante, com a esperança de partir, de deixar o país de loucos.

Um *collant* da cor da minha pele que não se verá, apenas para as mãos de Brahim no carro, mas, depois da última vez, ele não ousa mais se aproximar de mim, tem vergonha.

Os brincos, meus cabelos, pouca maquiagem, não sei fazer, não quero fazer, estou fora das coisas das mulheres, fora da atração dos homens. Estou adaptada apenas ao meu jardim, à sua cultura, sua manutenção, deixei a civilização, sou a pedra e a planta que a recobre.

Brahim, terno, camisa, gravata de lã bordô. Seus cabelos cresceram, sua barba é cerrada, aparada, pimenta e sal, metade jovem, metade maduro, os quarenta anos, a idade em que se sabe que não se sabe, em que se admite seus erros sem no entanto ter medo de cometê-los de novo, uma vez que ainda é preciso tentar, ainda é preciso buscar, a idade do corpo vigoroso, mais firme, desenhado, cedendo apenas na base das costas, declínio que é comovente, o restante do seu porte foi mantido, atlético, perdeu a arrogância da juventude, mas irradia, esplêndido, reconfortante.

Erwan, meu amor, com seu blazer, sua camisa e sua calça muito comprida.

Vestidos para um casamento. Tiro uma foto de mim na frente do espelho, na imagem, o aparelho polaroide é uma arma pontuda.

Nunca saímos de noite de Hydra, fora de nossos muros, da nossa casa, estou excitada. O trajeto é curto, na escuridão as formas das mimosas, bolhas dos jardins, barreira natural, intransponível.

O Edifício Shell na companhia de Brahim, sensação de uma transgressão e desejo de álcool.

Subimos os andares a pé, o elevador não funciona, um atrás do outro como na enseada, nós vamos ou para uma festa ou para um desastre, nosso desastre; e se os distintos elementos da história, subitamente reunidos, acabassem com a unidade, destruíssem a harmonia (ilusória), revelassem a decepção, o meu desejo por Catherine, a solidão do meu marido, o ódio de Bruce por Erwan, o adultério dos Bousba?

Catherine abre a porta. Blusa vermelha, jeans, pés descalços nos tamancos, um colar de coral — estamos bem vestidos demais.

Sorriso envergonhado de Brahim, seu terno, sua gravata, meu vestido, é preciso fingir, estamos acostumados. Erwan nos deixa correndo para o quarto de Bruce sem cumprimentar os convidados, já livre do blazer.

Trouxe açafrão do jardim para Catherine, Amar se aproxima dela.

Cabelos negros, boca carnuda, usa uma camisa cujas mangas arregaçou, nada de relógio, nada de aliança, uma calça estreita, botas, magro, com o ar animal de Bruce. Não o imaginava assim.

Catherine e Amar formam o casal perfeito: a desenvoltura dos corpos, nossos impedimentos. Ainda sinto falta do álcool.

Bruce vem nos beijar, usa uma camiseta velha, um short, está descalça, não se esforçou em nada, parece ter chorado.

Na sala de estar, os corpos não se voltam na nossa direção. Quatro homens, quatro mulheres, os amigos dos Bousba, deitados no tapete, sobre almofadas, eles chegaram antes de nós, falam alto, têm o ar daqueles que ganharam um lugar, não vão deixá-lo, seguros de suas imagens, de suas opiniões, animados pelo vinho, pelo uísque, pela música.

Não reconheço o apartamento. Catherine retirou móveis, poltronas, mesa de centro, montou um bufê no fundo da sala de jantar vazia, de um lado os vinhos e as bebidas fortes, a água, a limonada e o pão, do outro um prato onde o carneiro estripado será colocado, restos frescos antes da putrefação.

Catherine fugidia, eu me sirvo de um copo de vinho, Brahim junta-se aos homens no tapete, tira o terno, a gravata, acha que é um deles, ele não é por minha causa, pelo jardim, pelas noites solitárias, pela cidade que chora.

Amar refere-se à amizade entre Erwan e Bruce, a estrela de xerife, a enseada, a doçura segundo Catherine do meu filho, a dureza da sua filha, minha casa que ele gostaria muito de conhecer para ter uma ideia, mesmo sendo os apartamentos mais seguros.

No exterior, a Argélia é assunto de incerteza, de discussão, alguma coisa se prepara, juntamente com os líbios, os sírios e talvez os iranianos, o aiatolá tem seus filhos pelo mundo, que fazem filhos que têm filhos que terão filhos. Amar acredita em uma diminuição da violência. Na minha imaginação ele reconheceu a minha e liga-a à queda anunciada do país.

Olhava minhas plantas, olho os outros, os gestos, as vozes, os ataques de riso, flores das cidades, livres, despreocupadas, coloridas, saídas da terra, logo sob as chuvas de sangue de um cataclisma.

A mão de Catherine em volta da minha cintura, gesto de afeto, justificando nossa presença, Brahim e eu não temos nada a fazer aqui.

Eu jamais a tinha visto dançar, Salomé nas chamas.

O quarto de Bruce está vazio, as crianças tomaram conta do quarto dos pais, uma televisão foi instalada ali para aquela noite, eles assistem, atentamente, a *La Piste aux Étoiles*[18], como se a presença de adultos diferentes de nós, Catherine e eu, impedisse-os de exprimir sua violência. Um irmão e uma irmã diante da tela: eles adormecerão enlaçados.

Partimos em dois dias para Bou Saada, não deveríamos ter vindo, e sim já nos prepararmos para o deserto, lavarmo-nos de nossos maus pensamentos, lavar-me do coração malvado de Catherine, não ir ao encontro dos retornados do Edifício Shell, fantasmas de massacres, crimes, carnificinas.

Escrever no deserto para me purificar.

Na cama de Bruce, sob os pôsteres, aguardando um sinal do mestre Kung Fu; ele continua congelado no papel e na fita Scotch. Bruce chega até a mim. Sentada perto de mim, admiramos seu ídolo, rezando para que ele repouse no paraíso e não no inferno. O silêncio nos une. Um grande hematoma atravessa sua coxa esquerda.

Mais um copo de vinho.

---

[18] *La Piste aux Étoiles* foi um programa semanal da televisão francesa que esteve no ar entre 1956 e 1978, centrado na divulgação de espetáculos circenses. (N. do T.)

A carne é trazida nos ombros do homem da casa, Amar triunfa, ele encontrou sua mulher. As pernas do carneiro inchadas pelo cozimento, a pele colada aos ossos, a cabeça cortada, restam filamentos venosos, nervosos, um corte de faca na barriga recheada de ervas, alho, cebolas, animal embalsamado, oferecido aos dedos dos convidados, que arrancam sua carne para se alimentar, degustando o sabor do cadáver que poderia ser o cadáver de um menino muito jovem.

O barulho das vozes é mais alto do que o barulho do vento nos galhos da floresta da embaixada da França.

O edifício se curva, endireita-se, efeito do álcool e do sentimento de não pertencer ao lugar, à noitada, à classe social dos convidados, meu caminho é o inverso do de todos, mas Catherine se engana: apesar de nosso afastamento, eu avanço na trajetória de Brahim, um pouco antes, um pouco depois do deslocamento do nosso amor.

Gilberto Gil.

Uma mulher está de volta dos Estados Unidos, ela compara a libertação dos negros americanos à dos argelinos; ela acredita em um Estado pan-africano, em uma dinastia dos oprimidos, na sublevação dos filhos de escravos contra a ordem capitalista, a próxima revolução será a das mulheres, a experiência da violência é uma experiência coletiva, os homens serão livres quando tiverem compreendido, integrado isso: todos iguais, todas iguais.

Catherine não gosta de política, ela prefere a música.

Shirley Bassey.

Jiyed, o melhor amigo de Amar, acredita nas virtudes da poesia, um povo deve ser instruído, educado na beleza antes de derrubar seu governo.

As riquezas do país, o petróleo, o urânio e os cortes de energia elétrica, diz Amar.

Os serviços secretos infiltraram-se nos círculos intelectuais para vigiá-los, para usá-los.

O povo tem tanta necessidade de amor quanto de ser cuidado, ele se voltará para os religiosos, os únicos que distribuem a bolacha e o leite.

Um psiquiatra recebeu a visita da milícia, eles consultaram as suas fichas, anotaram os nomes de seus pacientes, só Deus tem o direito de sondar e de curar os espíritos doentes.

Um homem foi detido em Argel, com a ajuda de uma agulha, ele picava as coxas das mulheres de saia.

Os risos e o uísque.

Tentação de me juntar às crianças, de me humilhar, de sacrificar a honra de Brahim.

Meu marido é o carneiro que é descarnado, que é engolido.

Os dedos e os lábios oleosos.

Vizinhos de Catherine receberam ameaças, pedaço de papel dobrado em quatro sem envelope enfiado em suas caixas de correio e detalhando minuciosamente as próximas sevícias que os fariam sucumbir.

Mais um copo de vinho. O último.

Brahim coloca novamente seu terno, sua gravata ultrapassa seu bolso, os homens vão fumar no terraço, nenhuma estrela brilha acima do Edifício Shell, abrigo atômico de uma futura guerra temida por uns, aguardada, esperada por outros.

Os personagens do cenário se separaram, estou no centro do tapete, poderia cavar um buraco com uma broca para espionar os vizinhos de baixo, aqueles que foram ameaçados, que partirão primeiro.

A lista dos futuros mortos.

Eles dançam como o pequeno esqueleto chinês do meu filho.

Perdi Catherine, mas não a encontrei.

Sinto frio, Erwan está cansado, é preciso encerrar nossa noitada, aliviar os convidados da nossa presença, sobretudo da minha, Brahim ignora seu *status*, como de costume.

A libertação começa neste lugar, quando nós deixarmos o falso casal, Amar e sua esposa, os revolucionários, seus amigos.

A cólera do vinho.

Tenho de ir ao banheiro, preciso de água no rosto, na nuca. No corredor, quando lhe perguntam quem sou eu, Catherine responde: “Ela é esquisita, mas cativante”.

O vinho e as repetições de palavras, de imagens, de flashes luminosos. Brahim me segura pelos ombros, será que estou instável a esse ponto ou é um gesto de amor para com a sua mulher, de quem ele ignora a desordem dos pensamentos, a melancolia daqueles que acreditam amar quando prosseguem em sua empresa de destruição? Vamos embora.

Na escada, um na frente do outro, mão na mão, somos três peregrinos; se existe uma terra prometida, nós não a descobrimos.

Bou Saada. As cristas das dunas, sinuosidades das quais não se conhece nem o começo nem o fim. Aqui encontramos as sementes da pequena palmeira do nosso jardim, desde então temos retornado à sua terra de origem.

Não voltei a ver Catherine, não telefonei para ela. Eles estão em Paris.

Não sei o que Catherine quis dizer ao meu respeito com "esquisita" e "cativante"? Esquisita como um objeto que não é adequado ao seu lugar, cativante como os cães dos mercados que executam seu número.

Tristeza e vergonha.

A tristeza da traição, a vergonha do vinho.

Nosso hotel está construído em patamares, sombra e claridade. A base, cavidade de flores, de árvores, impulsiona o ar que falta aos meus pulmões. A doçura de Brahim me oprime, não consigo responder a ela e não consigo analisar meus sentimentos. Eu o amo com um amor que não existe ou o amo por intermédio de Erwan, filho do pai. Os vínculos da filiação são tentáculos agarrados a um organismo. Ao amar Erwan, sou forçada a amar Brahim.

Escrevo em nosso quarto, o deserto oceano.

Brahim sai de manhã cedo com Erwan, comandando a vigília dos passeios de dromedário. Brahim caminha perto do adestrador numa estrada sinalizada. Sobre o que falam? Dos areais como ondas, da seca, da pobreza, da cidade que as pessoas daqui fogem em razão do racismo das pessoas do Norte. De sua mulher que ele não compreende. De seu filho que cresce em um país sem futuro.

Catherine sabe que eu a ouvi. Ela deve sentir desconforto ou alívio. Poderia fazê-la cantar. Para me vingar, pensei em escrever uma carta anônima, como a recebida por seus vizinhos: "Nós vamos cortar a garganta, a tua, a da tua filha e a do teu marido". Eu me detesto.

Viver na possibilidade de ser assassinado. A Argélia. Estou ficando louca. Brahim é uma sombra. Meu filho deve partir. Nós, seus pais, ficaremos.

O deserto é hostil, eu poderia me perder nele, o deserto é generoso, ele repara, sua luz é o unguento, seu ar é o vestido, seu palmeiral é a cidade feliz na qual eu me afundo, aqui ninguém me conhece ou me reconhece. Os homens do deserto não olham as mulheres francesas.

Imagino Catherine em Paris, ela encontra sua turma, vive seu desejo e suas aventuras como se vive existências fragmentadas que formarão, um dia, quando ela narrá-las, uma grande existência.

Nas ruas de Paris, segura de si, longe da Argélia, da sua multidão, dos dias lúgubres.

Michèle Akli, dama de companhia.

Imagino Bruce descendo a avenida dos Champs-Élysées orgulhosa, a capital vai lhe abrir suas portas, aceitando crianças da sua marca, nem meninas nem meninos, águas turvas dos pântanos. Paris, as grandes lojas, a decoração de Natal, o inverso do país dos homens que não amam as mulheres.

Sozinha no quarto do hotel de Bou Saada, eu me dedico a um retiro, poderia viver sem Brahim e poderia viver sem Erwan se eu o soubesse em outro lugar, salvo do país.

A cor do céu quando a areia sobe, enrodilhada em uma coluna de ar.

Os lenços sobre os rostos, a tintura que colore as peles.

As mulheres do deserto são mais livres que as mulheres da cidade.

A beleza dos habitantes, o contraste das nossas peles, dos nossos traços. Os *boubous*[19], as *gandouras*[20], as joias, os amuletos e anéis dos tuaregues.

---

[19] *Boubous* são mantos de manga larga e esvoaçante usados na África Ocidental e também no norte da África. Peça importante do vestuário dos tuaregues, é usado como um meio prático de proteção contra o sol inclemente do dia e as baixas temperaturas noturnas, traço característico do clima do deserto do Saara. (N. do T.)

[20] *Gandouras* são túnicas longas, de algodão ou lã, com ou sem mangas, listradas com

Busco o amor junto a Brahim, rezo para que a beleza me bombardeie, me leve para perto do homem que eu desprezei. Eu o observo dormir, lavar-se, vestir-se, deixar o quarto, seu blusão, sua calça, seu pulôver, minha mão que poderia acariciá-lo, despertar sua pele para que ele despose a minha pele. Não consigo voltar ao desejo, meu barco quebrou.

Meu filho é o consolo.

Erwan, a esperança.

Brahim, meu protetor. O adido cultural, minha candidatura ao cargo de bibliotecária do Liceu Francês. Sou aprovada. Ele se chama Henri Thomas. Assumirá suas funções em abril, vai me receber.

Homens e cavalos. Eles usam albornozes, calças bufantes, estão calçados com botas, cobertos de tecido em lamê dourado, sentados em selas bordadas com fios de prata, brandem suas armas, são 20, uma coorte; os cavalos se empinam, impacientes para se lançar na corrida, os pelos escovados, brilhantes, os músculos tensos. Assim que o tiro é disparado os cavalos saltam, correm, arrastam os cavaleiros que seguram as rédeas com uma mão, a arma na outra, atirando, arqueados, rígidos, sob o efeito da velocidade. O céu está vermelho com o pó dos canhões. Fantasia. Estamos em 1º de janeiro de 1978.

Uma cruz marcada a giz no portão da nossa casa. Nós a apagamos. O jardim não foi visitado, nenhuma marca na terra, nenhuma planta pisada, a garagem está fechada. A porta da casa está entreaberta. O aparelho hi-fi não foi roubado, nem a televisão, parece que nada foi mexido no quarto de Erwan, minhas joias estão em sua caixa, as roupas, os discos, as fotografias, meus cadernos foram retirados da gaveta da minha mesinha de cabeceira, alterados em sua sequência, mas não tenho certeza disso, talvez eu mesma os tenha

cores fortes ou brancas. Usadas por homens e mulheres, são muito comuns no norte da África. (N. do T.)

tirado da ordem antes de partir; Brahim me chama da cozinha. Na mesa, um copo de leite e um pedaço de pão, um ladrão, um homem honesto.

Tenho medo. Nossa casa foi localizada. Eles vão voltar.

A milícia.

Verifico as portas, as fechaduras, o jardim, a garagem.

Quando o telefone toca, tento identificar um ruído que me provaria que nós estamos sendo grampeados.

Falo em voz baixa, viro quadros, as molduras, os espelhos. Na cidade, reconheço os espiões, os assassinos que estão esperando o melhor dia para acabar conosco.

Sinto falta de Catherine, não telefono para ela.

À saída da escola, o Citroën CX. Bruce me cumprimenta de longe, não se adianta, deixa Erwan. Não desço do carro, não pergunto nada a meu filho, deixo-o fora dos meus assuntos, à sua amizade que se acaba, não sei.

Nevou. As flores prisioneiras do gelo, espécies endêmicas de organismos congelados que retomarão a vida em um novo século.

Desde o intruso, a impressão de escrever com alguém inclinado sobre o meu caderno, verificando o conteúdo dos meus pensamentos, julgando-os.

A mousse de chocolate, a batedeira Moulinex, os ovos delicados, eles sobem, desintegram-se, retornam, sua textura é a do saiote das dançarinas.

Durmo junto a Brahim sem desejo carnal, mas com o desejo de protegê-lo. Não suporto as minhas visões de sangue sobre a pele do seu corpo espancado. Não suportaria vê-lo torturado, de joelhos, humilhado.

Catherine ligou. Ela cedeu. Por tédio, arrependimento. Ela nos convida, a Erwan e a mim, para passar a tarde de quarta-feira na sua casa, Amar viajou, ela tem presentes para nós, presentes de Paris. Aceito por Erwan, não por mim.

Minha saia xadrez.

Na floresta de Baïnem, avelãs, castanhas, azevinhos, cardos.

Ao sair da garagem verifico se não estamos sendo seguidos. Não subo diretamente para o Edifício Shell, dou uma volta pela praça de Hydra, coloco uma carta para meus pais no correio, desejando-lhes meus votos, para meu irmão, e incluo uma fotografia de Erwan com mimosas, as flores devoram seu rosto.

Meu filho na parte de trás do carro, o rádio: "tem rumba no ar, o *smoking* torto".

Rumo ao Edifício Shell, passageiro de uma nave espacial impulsionada em direção a um astro de onde ele não poderá voltar sem se desintegrar no caminho, passageiro astronauta flutuando em sua cápsula, no infinito do infinito, perdido, só e esquecido de todos.

Ultrapassamos a guarita, subimos a rampa. Erwan recusa-se a tomar o elevador, tem medo. Na escada, tenho a impressão de estar fazendo o caminho inverso daquele feito da última vez e de reparar as palavras de Catherine, garantia de nossa desclassificação social e amical, tendo Catherine nos tratado menos bem do que os outros, eu em particular (em meu delírio).

Na porta. Bruce abre.

Catherine no sofá, levanta-se, abraça-me, meus quadris, suas mãos, estou envergonhada.

O buquê de inverno em sua sala e as árvores nuas no parque.

Ela trouxe presentes, vai até o quarto, volta. Um lenço para mim, um relógio para Erwan, chocolate, charutos para Brahim. Os objetos contra a crueldade de uma frase "esquisita, mas cativante".

Ela troca de sapatos, está com vontade de caminhar no parque. Isso lhe faria bem. Amar está na Venezuela, é difícil contatá-lo, ele viaja pelo interior do país, as linhas telefônicas são ruins.

Erwan e Bruce fazem bombas de lama que jogam por cima do arame farpado que separa o parque da embaixada da França.

O limite entre os nacionais franceses e os argelinos. Que parte os nossos filhos ocupam?

Em um muro, a sigla da Frente de Libertação Nacional pintada em branco.

No parque, vistos de avião, nós devemos parecer quatro sobreviventes.

Alguma coisa vai acontecer, uma ruptura ou uma revelação; intuição de uma mudança radical como se eu estivesse fugindo de uma armadilha que ainda não se fechou sobre mim.

O vento sobe depois dos pátios, não nos faz cair.

Na escada do nosso terraço, Brahim perto de mim; o amor vai voltar, como as ondas ao recife, a criança à sua mãe, a velhice à inocência. Nada se congela, como os elementos, os planetas, esfregando-nos ao seu calor, ao seu movimento, à sua vibração magnética. Nossos sentimentos se transformam em sua própria maneira, em um sentido e em outro, desaparecendo, reaparecendo. Nossos beijos renascerão de nossos adeuses silenciosos.

O telefone toca no meio da manhã, estou sozinha, Erwan está na escola, Brahim na fábrica. Catherine tem de ir ao Hospital Mustapha para checar alguma coisa, nada de grave. Ela me pede para ir buscar Bruce na escola e imediatamente levá-la para minha casa. Sou forçada a aceitar.

Bruce do lado de fora da escola, a jaqueta amarrada à cintura. Ela corre para o carro, entra. Vamos para casa.

No retrovisor, visão de um animal encontrado no acostamento da estrada, encharcado pela chuva, ferido por um carro ou pela bala de um caçador.

No rádio do carro, *Yellow Submarine,* a música de Erwan. Não há duas infâncias iguais. Bruce está perdida em seus pensamentos.

Assim que entramos em casa, ela se precipita para o banheiro, tranca-se. A água escorre, ela se lava. Ela aparece com a calça nas mãos, pergunta-se se posso colocá-la na máquina de lavar e depois secá-la no aquecedor. Vou buscar uma calça no armário de Erwan.

Bruce orgulhosa por usar roupa de menino, esperando uma transição do seu corpo para o corpo que "ocupava" a calça.

Catherine liga do hospital para se certificar que sua filha está comigo. Acontece de vez em quando com Bruce, geralmente de noite, durante o sono, por preguiça, adormecida, pensando poder se conter até a manhã, ou quando seu pai está presente e ela desliga. Catherine tem que passar por um exame, perdeu muito sangue, o que terá deixado Bruce assustada.

Os olhos, as mãos, a bacia, os ombros, o esqueleto de Bruce.

Não me atrevo a tirar uma foto dela, não por ter medo de chateá-la, mas de descobrir na imagem uma figura diabólica no lugar do seu rosto.

No jardim, peço-lhe para retirar a terra que é preciso cavar, o buxo que deve ser apertado, os galhos da nespereira que devem ser podados antes da chegada da primavera.

Bruce, a criança triste.

"Perder muito sangue". Eu as imagino na noite sem Amar, os lençóis sujos no quarto do último andar do Edifício Shell, navio fantasma.

Preparo nosso almoço: quebre os ovos, rale as cenouras. No jardim, Bruce se ativa, arranca, talvez, as plantas de lilás, madressilvas e glicínias, destrói os juncos em repouso, os narcisos em semente, as palmas da árvore do deserto.

Sozinha com ela. Ela não diz nada, olha para o meu broche, minha aliança, um botão do meu colete, ela é incapaz de sustentar meu olhar, não por indelicadeza nem por timidez, mas por ódio à imagem que ela transmite, de sua ambiguidade.

Os erros da natureza. Detesto ter escrito esta frase.

A neve está próxima, escondida sob o céu; rolos de algodão.

Bruce substitui Erwan durante algumas horas; a impressão de estar na presença de um menino e não na de uma menina.

Ela quer ver sua mãe, torna-se novamente uma criança muito pequena e se recompõe.

A televisão, uma novela egípcia. Bruce fala, compreende árabe, a língua dos meninos da rua, dos jogadores de futebol, de seu pai, o internacional, como ele se gabava naquela noite; língua masculina e de poder para sua filha.

Os argelinos se expressam em francês, mantêm a língua nas escolas, nos liceus, nas universidades da colonização.

Com o tempo, nas conversas, uma palavra em francês, uma palavra em árabe como dois líquidos que se sobrepõem sem se misturar, um mais forte que o outro.

Em alguns anos, a língua árabe prevalecerá.

A República Democrática e Popular da Argélia, assim se chama o país em que vivemos, que amamos, não amamos mais.

Ela pede papel e uma caneta.

Eu a vejo escrever inclinada, concentrada, com um alfabeto que não existe, contando a história da sua vingança. Ela escreve o plano da cela que a tranca, circulando por lá, triste, alegre, forjando seus sonhos, ela parece um monstro.

Quando Catherine vem buscar Bruce, não entra, buzina. Bruce vai ao seu encontro, com as folhas, não me beija, agradece-me pela calça.

O barulho do carro que se dirige não para o Edifício Shell, mas para o centro da cidade que eu comparo à barriga sangrando de Catherine.

Sinto-me triste, vazia, como se Bruce tivesse aspirado as palavras dos meus cadernos, aplicando-as às suas folhas, ligando-as a flechas, desenhos, insetos gigantes devorando minha escrita, meus pensamentos, minha alma.

Bruce se recusou a entrar no quarto de Erwan, de escolher um livro, um brinquedo. Ela ficou perto de mim, transferindo meu sangue para o seu sangue que ela redistribuirá para sua mãe.

Imagino Catherine cortando as veias, perdendo um filho ou se esvaziando do sangue dos seus amantes.

Lavo seu copo, seus talheres, seu prato, a parte de trás e o assento de sua cadeira, jogo no lixo a caneta que terá formado linhas sobre minhas linhas, letras sobre minhas letras, criaturas à imagem da sua mente transtornada como a minha. Mas ela, Bruce, não é cativante.

Os flocos de neve caem sobre o jardim, plumas que os habitantes do céu jogam sobre as plantações, os adubos. Meu jardim está coberto de uma camada que é o lençol do meu leito sem prazer. Sou a árvore seca que não florirá mais.

Telefonema de Catherine e Bruce. Elas nos convidam, a mim e a Erwan, a passar uma noite em um bangalô à beira-mar, a alguns quilômetros de Argel, para nos agradecer. Tenho que pensar, Catherine insiste.

Brahim me obriga a aceitar, isso vai mudar minhas ideias. Ele deseja ficar sozinho, talvez receber uma mulher e cobrir o fantasma do meu corpo com um corpo que lhe devolverá seus beijos, aceitará seu desejo, desfrutará do seu prazer.

Antes do fim da nossa conversa, acho que ouvi Catherine dizer "seria bom te ver de novo", eu hesito com "seria bom nos vermos de novo".

Com o vinho, imagino Catherine, seu ventre em meu ventre, seu sexo no meu sexo, ela me beija, buscando na minha boca, com sua língua, as palavras.

Eu lhe telefono, aceito o convite.

Antes, Brahim viajava a trabalho, eu gostava de ficar sozinha com Erwan, as noites eram diferentes, noites de vigília e liberdade. Adorava quando ele voltava, vestia-me, perfumava-me, eu o esperava. Suas ausências substituíam nosso amor na parte central do jogo que jogávamos, suas ausências restituíam o que nos faltava.

Preparo nossas coisas, odeio a presença de Erwan e de Bruce, gostaria de ficar sozinha com Catherine. Roupas para uma noite, ela deve saber, eu não sei.

Nós as seguimos de carro, afasto-me de Brahim, do meu jardim, as algas aparecerão nas minhas costas, invadirão nosso quarto, sufocarão meu marido, quando voltarmos ele não estará mais vivo.

Não reconheço o caminho para as praias, não sou mais daqui, não sou mais de mim, eu me odeio. Tenho o sangue do Bruce, ela tem o meu. Estou perdida.

O mar no inverno não é o mar. Sua violência nos proíbe de olhar para ele. Não ficamos na praia. Os vagalhões podem escapar de nós. Não é mais a Argélia, não sou mais eu.

Os detritos de madeira, as pilhas de pedra, a paisagem desfeita.

No bangalô, as crianças têm as suas brincadeiras, Catherine tem a sua beleza, eu tenho a minha expectativa.

Tenho vergonha da nossa sacola de viagem muito grande, não sei prever, não conheço a vida. A tristeza é uma doença. Bruce está usando a calça de Erwan. Sinto falta de Brahim. Catherine abre uma garrafa de vinho. Tenho medo da minha loucura.

Minha esperança, esta serpente negra.

Brahim na casa, o espaço do lugar que engole seus movimentos quando ele está sem mim.

Eu jogo meus segundos, meus minutos. A impaciência de Catherine, aguardo sua voz.

Cruzar as mãos, esconder a aliança. O inverno destruiu o sol.

Gostaria de saber de que maneira Catherine olha para mim, além da mulher de mente perturbada que eu sou, saber se ela percebe alguma doçura ou se eu sou do sangue de Bruce, cruel, sem fé.

As crianças encontraram jogos de tabuleiro em seus quartos, eles estão fechados à chave. Quem é o dono deste bangalô? Não pergunto. Apenas dois quartos, como conseguir dormir perto de Catherine? As mulheres não devem dividir sua carne. A milícia proíbe. Eu deveria ter recusado.

Sem Brahim, acho que estou correndo perigo, sinto-me culpada, ligo-me a meu marido por fraqueza, mentira.

Bruce deixou sua calça em nossa casa, secando no aquecedor, eu a queimarei quando voltar para afastar a má sorte.

Os fantasmas do mar são diferentes dos fantasmas do meu jardim, eles se afastam de si mesmos enquanto os do jardim se esforçam para entrar, verme na terra.

Blocos de gelo ao largo do Mediterrâneo que os cargueiros quebram em mil pedaços avançando na escuridão, no vazio das ondas monstruosas. Catherine não desfaz sua bagagem, olha-me, com olhar envergonhado, sua roupa bege, elegante demais para o lugar, as mãos abertas, ela mal bebe, ela tem um plano, daria tudo para saber o que é.

Erwan e Bruce, o barulho contínuo da infância que se arranca do corpo, se autodestrói, a muda das peles, das mentes.

Meus cadernos remontam ao curso da minha loucura, descendo suas torrentes perigosas. Construí o meu abismo.

Bruce resiste à tentação do amor, somente seu ídolo tem o direito de vê-la escrever, desenhar; ela lhe entrega sua nudez, em sua cama, sem roupa, rendida à sua feminilidade.

A loucura de pensar que Catherine pode ter cruzado com meu irmão em Paris, dando-lhe o que eu não posso lhe dar. Poderia me declarar no ruído do mar que cobre, Catherine não entenderia, iria rir.

Duas mulheres e duas crianças, não há nada mais frágil, mais desprotegido. Se a milícia chegasse, seríamos punidas por estarmos sem homem, espancadas por sermos livres.

Procuro em meu jardim uma flor preciosa, única, uma espécie que não existe, que teria crescido na medida das minhas palavras, de meus pensamentos, de meus gestos de dona de casa, de minhas expectativas que não são esperanças, nada espero, a não ser o retorno do meu marido do trabalho, do meu filho da escola, de meus sonhos de juventude.

Catherine.

Ela encontrou alguém. Ele virá buscá-la. Ela quer deixar Amar, sente-se pronta, Bruce é seu limite, mas as crianças devem seguir e se curvar à paixão. A infelicidade do vento, da praia afogada, do nosso bangalô que não existe. O país é a nossa imagem. A liberdade não existe.

O espetáculo de Catherine. Eu a prefiro na minha imaginação, paisagem com flores de outono que devem ser procuradas embaixo das pedras, entre os insetos e o apodrecimento. Ela perdeu seu rosto e eu não vejo mais as crianças.

Suas palavras não esperam resposta. Estou fora da sua vida. A loucura de Bruce vem da loucura de Catherine, só as mães dão à luz, educam. Sob a areia, as marcas do final da temporada, sob as feições de Catherine meu desejo vergonhoso.

O bangalô é um curral e nós somos seus animais. O vinho e os sulcos do vinho sob a pele, o sangue que pulsa, minha torta de maçã, os risos das crianças excitadas no quarto ao lado, trancadas.

A ameaça do mar, ele poderia subir como o oceano, o naufrágio começou.

A escrita da desolação. Meus cadernos são minha memória. A desclassificação amorosa é igual, esta noite, à desclassificação social. Os homens e as mulheres.

Catherine partirá em algumas horas, o tempo que Bruce adormecer. Ela me agradece, eu lhe salvo a vida (eu, a perturbada). Ela voltará antes da sua filha acordar. Meu silêncio é uma fronteira que não ultrapassamos.

Sozinha com as crianças.

O vinho.

As mulheres têm necessidade dos homens. Eu separo o universo de Catherine em duas partes, a oferta e a demanda.

Erwan foi vingado, tornei-me o álibi da mãe de Bruce. Visões de Amar nos hotéis de Caracas, cidade agitada, pegajosa como Argel. Amar se entregando ao prazer. Catherine quebrando sua vida, as mulheres embalam o amor e as crianças. Ela vai voltar, perdida, decepcionada: o cão retorna à corrente que o segura.

No quarto, Erwan e Bruce dormem, eles são os homens do parque do Edifício Shell, relaxados, suados, cada um retirando do outro o que lhe falta, a linfa, o açúcar, a seiva, a felicidade.

Ao redor do bangalô, a noite é a morte.

7

Henri Thomas, o adido do Centro Cultural Francês, temos um encontro, uma formalidade, diz Brahim.

Ele acaba de assumir suas funções, está hospedado no hotel de Zeralda, vai se mudar para uma vila perto do cercado onde fica a gazela africana, vila ainda em construção.

Ele chegou sozinho, sua mulher e suas duas filhas vão se juntar a ele em breve, no final do ano letivo. Ele me espera no Centro, levará-me ao Liceu para me apresentar ao pessoal, mostrar-me a biblioteca do secundário da qual eu serei a responsável.

O salário é em moeda estrangeira, em francos, a moeda dos sonhos aqui.

Não tenho medo, estar entre os livros e os estudantes do secundário não é um trabalho de verdade. As palavras dos escritores protegem, os alunos continuam crianças. Erwan entrará no liceu ao mesmo tempo que eu. Não o deixo.

Terei tempo e silêncio, vou levar os meus cadernos, escreverei, mesmo se não ousar me mostrar curvada sobre minha página; não sou como Bruce. Tenho vergonha do que escrevo, das minhas divagações, do meu corpo, do meu rosto deformado pelo gesto, pelo sentido das minhas frases.

A primavera lavou o inverno, a minha tristeza. Encontro Catherine à saída da escola. Somos amáveis, polidas. Não vou à sua casa. Convidada ao Edifício Shell, espero Erwan na guarita, na sombra do edifício. O que acontece, de vez em quando, é Catherine e eu nos telefonarmos a respeito das crianças.

Minhas flores saíram mais cedo, elas parecem bolas de gude de todas as cores. Prefiro as brancas, a virgindade.

Brahim repintou as persianas de vermelho em cima do branco, isso faz pensar em uma villa de férias. A palmeira de Bou Saada nos deu tâmaras, as *deghlet nour*[21].

A natureza restabeleceu a ordem que eu tinha perdido. Eu me entedio, mas não estou mais triste. E, sobretudo, estou sem Catherine.

Quando nos cruzamos na cidade ou na saída da escola, olho uma outra mulher.

As nêsperas são raras, verdes, logo elas surgirão com a polpa macia, alaranjada, suculenta. As buganvílias encheram, recobrem toda a fachada externa, tenho a ingenuidade de pensar que elas nos protegem dos intrusos, dos ladrões, dos assassinos. As flores não são armas contra o terror, elas são suas testemunhas mudas, se pudessem falar, informariam em detalhe as horas dos soluços e da violência.

Escolhi meu vestido de crepe amarelo e minhas sandálias de salto para o encontro.

Pintei as unhas, passo-as sobre meus lábios, elas são doces, enquanto o lado de dentro das minhas mãos é áspero por causa do jardim, da cozinha, nelas seria possível ler o meu trabalho doméstico, minha vida, elas não poderiam acariciar a pele de uma mulher.

O sol já está forte, na Argélia o verão não está longe da primavera, ele a cavalga, incomoda-a.

Certifico-me de regar os brotos novos antes que sejam queimados, eles serão novas redes para os insetos, para as mariposas.

Um jardim é uma aldeia, nele reconheço seus habitantes, besouros, salamandras, joaninhas, andorinhas, musaranhos, cada um retorna de seu subsolo, de seu país, de sua hibernação.

Brahim não voltou: ele não chegou a sair. Eu recuperei meu ponto de partida, meus devaneios, minha melancolia, o silêncio do terraço

---

[21] As *deghlet nour* são tâmaras de alto valor nutritivo, muito populares na Argélia, cultivadas sobretudo em oásis localizados na entrada do deserto do Saara. (N. do T.)

à noite, nossas conversas que não se cruzam, mas que têm o mérito de existir.

Não estou feliz, não estou sozinha.

Sensação de uma lembrança imprecisa de Catherine, mas ela existe, no telefone, no Edifício Shell, à saída da escola, em Argel.

Ela não partiu, não partirá. Às vezes achamos que podemos morrer por uma pessoa, mas esta pessoa morre antes de nós, deixando o lugar do coração, o fogo do nosso desejo, da nossa cólera. Seu pensamento juntou-se ao meu pensamento do rio, ele está por perto, líquido, sem existência real. Catherine não é a raiz, não é a casca.

Erwan está mudando, não é mais a corça, continua sendo o cordeiro. Bruce o vê crescer, a violência deles lhes pertence, agora ela é secreta, recuso-me a assisti-la.

O Centro Cultural Francês fica na cidade. Vou de carro, dirijo lentamente com as minhas sandálias; meu vestido ficará amassado, vou andar para recuperar a linha de suas pregas. Saí cedo. Final da manhã, a Argel dos homens emerge, espreguiça-se, os estivadores já estão trabalhando há muito tempo.

Brahim me pediu para lhe telefonar depois do encontro, eu vou esperar, ele vai esperar, decidi me afirmar mais, não por escolha, mas para fazer o desejo voltar; se temos a impressão de nos perder, reconheceremos nossos corpos durante a noite. Sem acreditar, faço a experiência.

É impossível reencontrar o que não se teve, ou se teve pela metade (Brahim, o barqueiro das minhas fantasias).

Tirei uma foto do céu antes de partir para me dar sorte, Henri Thomas não deve voltar atrás em sua decisão, mas não se tem certeza de nada. A imagem polaroide capturou o conjunto do azul, sem nuvens e o bater de asas de um pássaro, marca da emoção, espectro difuso, mas presente.

Na rua, cruzo com os rostos e os corpos de meus amantes brutais, se eles soubessem.

O Centro Cultural ocupa os três andares de um pequeno imóvel antes do Correio Central. O escritório de Henri Thomas fica no último. Eu me apresento na recepção. Uma mulher argelina me anuncia no telefone, pede-me para esperar, "Ele está vindo".

"Ele", o homem, "está vindo": salvar ou se aproveitar.

Sentada em uma poltrona de vinil, minha saia ficará amassada mais uma vez, sinto-me desconfortável. Olho os empregados trabalhando, estrangeira no mundo deles, saída do meu jardim.

Um mapa do Saara pregado na parede com um percevejo, um mapa da França também, tento avaliar a dimensão dos dois países, já que o deserto é um país. Durante a colonização, os franceses promoveram testes nucleares na região de In Salah, cogumelos atômicos e cancerígenos voando das areias que, anos depois, ainda continuavam caindo sobre os palmeirais, as aldeias, os acampamentos.

Ele vem (não salva, não se aproveita).

Henri Thomas.

Minha saia, minha bolsa, meus óculos de sol, meus saltos, panóplia de uma Michèle Akli que eu não reconheço.

Ter um trabalho contra o tédio e se deleitar às vezes com este tédio, as horas que passam não existem quando as admiramos passar, as estações voltam, ressuscitando a precedente, eternidade da natureza quando nós, humanos, nós nos machucamos. Ninguém permanecerá, outros voltarão.

Henri Thomas é grande e louro (clichê), traja uma camisa listrada cujas mangas arregaçou, calça branca, seus pelos claros, seus ombros, a barriga um pouco proeminente, o rosto quadrado, ele é forte, sinto isso, de uma força estranha à de Brahim, ele é livre.

Sua mão na minha, nós nos cumprimentamos, meu contrato não está pronto, caminhamos em direção ao meu carro, se não me incomodar ter de dirigir até o Liceu Francês.

Muito grande, sentado perto de mim, as coxas, as pernas, os punhos, sua voz é muito grave.

Ele ficou apaixonado pela Argélia há três anos, queria trabalhar aqui, esperava o cargo com impaciência. É casado com uma francesa, duas meninas; tem a minha idade, ou um pouco mais, não sei calcular a idade dos homens, não os conheço o bastante.

Ele cai na gargalhada a cada fim de frase, felicidade inesperada, surpreendente, de um homem feliz, e eu tensa ao volante.

Somente Catherine ocupou o lugar do passageiro, meu carro é de família, doméstico, destinado ao meu filho, às caixas de legumes e frutas, às embalagens de leite, às garrafas de Saïda, de vinho, a Bruce às vezes.

Engarrafamento no centro de Argel, subo em direção ao Liceu Francês por ruas pequenas. Henri Thomas fala da sua Argélia, a peculiaridade dos habitantes, orgulhosos, a beleza da capital, a natureza exuberante que não existe em outros lugares, e ele viajou pela Ásia, sobretudo, e não encontrou em parte alguma a teimosia da Argélia; porque a natureza aqui está impregnada da história das mulheres e dos homens, bastião que nela encontra as armas para se defender, o sangue para viver. Esta natureza é carne e pele, antes da pedra, antes da terra.

Se os soldados da milícia nos detivessem, controlassem nossos documentos de identidade, eles nos acusariam de adultério, puniriam-nos.

O francês e a francesa.

Se Catherine cruzasse de carro comigo, ela pensaria que eu engano Brahim em sua fábrica, no trabalho.

Se meu marido me visse, ele se felicitaria por me ver mudar, me abrir aos outros, e deixar de lado minhas mágoas.

Se Erwan me surpreendesse, ele pensaria que mudar de pai não o incomodaria; só as mães contam na vida.

Se Bruce nos encontrasse, ela se imaginaria no lugar de Henri Thomas.

Vou me tornar a responsável pela biblioteca do Liceu Descartes, ex-Fromentin, base do general de Gaulle, seu antigo escritório. Andar no passo da história quando eu me perco no das minhas divagações. Eu me sinto pequena na imensidão do tempo, da guerra, da paz, da impossível reconciliação dos seres.

Estaciono na entrada principal. Henri Thomas cumprimenta o guarda, conhece-o. Visão de Catherine e do porteiro do Shell e a impressão de uma repetição, prisioneira das ações dos outros, incluída em uma aventura que não me pertence, da qual não posso fugir, espectadora passiva do seu desenlace.

Os alunos estão em aula, entramos no parque, floresta encantada de um conto, a vegetação cresceu em liberdade, invadiu as aléias, as paredes dos prédios das salas de aula, suntuosa e nervosa, ela ondula em bananeiras, cactus, baobás, magnólias, cerejeiras, a floresta tem seus pontos de junção, a área dos futuros bacharéis, área moderna, construída nos anos 1950, a área dos mais jovens, repartida entre uma antiga capela e um pequeno palácio mouro.

Erwan evoluirá neste lugar perfeito, a beleza estimulando o saber, despertando as mentes, ele fará novos amigos, crescerá, aprenderá, tornar-se-á o jovem cuja promessa eu percebo. Não consigo imaginar Bruce ao seu lado, retirada do cenário, apagada.

Madame Kuster, a diretora. Visitamos com ela o pequeno palácio, seu pátio, dois andares acima dele, dez salas de aula por andar, ela abre a biblioteca, o salão de baile, lustre maciço, lambris, tetos decorados, chão em mosaico, rotunda invadida do exterior por cachos de rosas sobrenaturais. Alunos trabalham. As paredes de livros, sentinelas do pensamento.

Chegamos à sala da diretora, Henri Thomas se ausenta, busca um telefone, tem de ligar para a vila, os operários.

Preencho um formulário, meu endereço, meu número de telefone, da seguridade social, minha nacionalidade, o banco onde será depositado o meu salário em francos, terei de abrir uma outra conta em meu nome, diferente da do meu marido.

O dinheiro e a sensação de trair Brahim. Vou compartilhar, meu salário servirá para as nossas raras viagens, para os presentes de Erwan, para comprar roupas que não são encontradas nas lojas de Argel, dinheiro do prazer que é preciso gastar, já que ignoramos tudo do prazer, usado a contragosto, com aflição, desgaste que nos dá a ilusão de sermos protegidos do mal, se ele vier.

Madame Kuster, óculos grossos, blusa de náilon, saia midi, entrará em contato comigo assim que o meu contrato estiver pronto, o Centro gerencia a administração do liceu.

Em sua sala, fichas de presença, dossiês de inscrição, o organograma das turmas do próximo ano letivo.

Eu lhe anuncio, orgulhosa, que meu filho Erwan estará na sexta série este ano.

Madame Kuster me pergunta se eu tenho algum desejo particular. Certas turmas são mais "arabizantes" que outras, alguns pais franceses não gostam de misturar seus filhos com alunos de origem argelina.

Eu agradeço, mas não me sinto preocupada. Eu lhe confio, no entanto, ter uma exigência, a de retirar meu filho, Erwan Akli, da turma de uma aluna, Amina Bousba.

O cheiro do jasmim na cidade.

Sabendo que nós moramos em Hydra, Henri Thomas me pede para deixá-lo não longe da nossa casa, em sua vila em obras. Rumo às alturas, o carro como impulsionado por um motor supersônico; dirijo rápido.

Separei Bruce do meu filho, visão de poeira e de sangue, de átomos girando no espaço, fragmentos de astros na Via Láctea.

Henri Thomas em breve me avisará sobre o contrato, voltaremos a nos encontrar no hotel de Zeralda, ocasião de estar com meu filho e meu marido cuja voz ele já conhece ao telefone. A água da piscina é aquecida, será um belo dia.

O homem feliz não me está destinado.

No cercado, uma segunda gazela africana. Desço do carro, aproximo-me da grade. As gazelas recuam e depois vêm em minha direção, dóceis, lambem minha mão. Confiança dos animais, o que me faz pensar na confiança que meu filho tem em mim, ele poderia me seguir aos confins do mundo e dos oceanos, ao fundo de Tipasa, até depois da fronteira com o Níger, quando o deserto elimina a vida de quem se perde nele. Minha única vitória terá sido esconder dele aquela que eu sou. As mulheres continuam mães para seus filhos, rainhas protetoras, nutridoras, testemunhas de seus passos, de sua queda, de sua corrida para a felicidade; felicidade da qual elas não serão mais o centro e que saudarão de longe, orgulhosas do trabalho realizado, a doçura é uma lição, os beijos um ensinamento, a confiança uma chave que abre o futuro.

Dei a Erwan o que não recebi ou o que não soube receber. Não viverei através dele, olharei-o olhando o céu à noite, o céu argelino e suas estrelas agonizantes.

A nova gazela é menor, mais nervosa, ela circula no cercado, esbarra no flanco da sua companheira que a rejeita, animal doente, condenado, em seu olhar reconheço o olhar de Bruce.

Com o vinho, nas escadas do terraço, o rosto de Henri Thomas, orquídea da Ásia que não crescerá no meu jardim, queimada pelas primeiras luzes.

Brahim está feliz por mim. Eu lhe conto da floresta do liceu, o oásis no centro de Argel, o silêncio dos livros, expresso-lhe o meu reconhecimento sem chegar a dizer que o amo, não nos abraçamos.

Livrando-me da minha vergonha, eu lhe digo que separei Bruce de Erwan no liceu na volta às aulas, porque não quero que nosso filho se torne homossexual.

A loucura desta frase, as cadeias do meu ciúme.

O ruído do Edifício Shell volta, estou com dor de cabeça, imagino Bruce em seu quarto arrancando os pôsteres de Bruce Lee, rasgando as páginas do seu caderno, começando uma nova vida de solidão. Ela ainda não sabe, confia em seu instinto.

A presença de Henri Thomas em meu carro e meu ódio dos homens que não me desejam.

Argel tornada mulher recobre meu corpo, meu jardim está devastado, esta noite, eu não existo mais.

O calor em potência, o fogo retomou o cume das montanhas, destruindo a madeira tenra da primavera, as linhas vermelhas das brasas ondulam, os maciços parecem vulcões em erupção.

Aconteceu comigo no meio da tarde, minhas roupas encharcadas pela água da mangueira do jardim, chamo Catherine. O telefone toca no apartamento do parque do diabo, a mãe de Bruce não responde e se respondesse eu desligaria.

Danço em frente ao espelho e tento encontrar no meu reflexo Salomé das chamas, imagino Catherine perdida em uma aldeia, presa na armadilha que um amante rejeitado terá armado para ela. No fogo, sua beleza se decompõe, suas cinzas sobem com as nuvens de fumaça que fotografo do meu jardim.

Sei, por Erwan, que Amar está em Argel. O cão encontrou seu senhor, ignoro quem comanda o outro, obedece sem protestar.

As mãos vermelhas de cerejas, nossas bocas cheias do açúcar dos pêssegos, dos damascos, a alta estação se anuncia, o mar ainda fresco se prepara para o verão.

Logo o final das aulas.

Henri Thomas pediu o contrato. Não quero mais trabalhar, mas trabalharei, tornando-me, por minha vez, o cão dos homens: cumplicidade ao telefone entre Brahim e o francês.

O hotel de Zeralda foi construído suspenso sobre a praia de meus verões com Erwan, pontilhada de águas-vivas cheias de água, atoladas no óleo que os cargueiros descarregam.

O francês nos sugeriu que levássemos nossas roupas de banho, eu não entrarei na água, eu os olharei, tirarei fotos deles com a minha polaroide, ficarão envergonhados, sobretudo Brahim, pela volta da minha loucura.

Sua mulher instável. Os homens preferem a companhia dos homens.

No carro de Brahim, meu menino no banco de trás, ele está vestindo um short cortado de uma calça jeans, camisa polo branca de jogar tênis, a estrela de xerife de Bruce, sua infância permanece, cara pensativa, cabelos desgrenhados, a pele tão retesada, já morena, os bíceps, mal saídos de sua ganga tenra, músculos viris que derrubam, estou certa disso, o corpo de Bruce quando ela ainda tenta machucá-lo.

Não me sinto culpada, a filha de Catherine encontrará um outro Erwan, o vampiro sabe onde corre o sangue.

O Rio, meu amor.

Henri Thomas nos espera na frente do hotel, ele poderia ser perfeitamente o proprietário fumando com os empregados, o homem feliz está à vontade em qualquer parte da Argélia.

Ele diz "filho", "meu garoto", "amigo", quando se dirige ao recepcionista, ao empregado, a Brahim, a Erwan. Ele não diz "mulher", quando abre a porta para mim, quando abre nossas espreguiçadeiras, quando pede água, Fanta e anisette.

"Mulher", a escrava.

Nós almoçamos na casa, pizzas de tomates, anchovas e azeitonas pretas; no meio da tarde, o sol é bem forte, não tiro o vestido, não quero me despir na frente de Henri, tirar as roupas em público é mais íntimo que a nudez.

Os homens, meu filho em calção de banho na borda da piscina. As nádegas de Brahim, arredondadas pela musculatura, seu sexo — não sei mais, não me lembro mais dele. Arrependo-me deste pensamento.

Henri é maior que meu marido, quanto mais eles conversam, mais Brahim parece se rebaixar, complexo de argelino na frente do francês, a beleza do meu marido é uma invasão e, no entanto, ela desaparece. Força do homem livre, feliz, um pouco bêbado sobre o homem que não sabe nadar.

A piscina não é frequentada, nenhum turista no hotel, nenhum turista na Argélia.

À nossa volta, os braços das buganvílias que escondem a praia pública.

O enclave.

Entro no hotel, procuro um lugar onde possa me despir, pequena peça exígua que eu tranco à chave, meu vestido cai aos meus pés, minha pele me revolta sem carícias há tanto tempo, ela parece estar descolada. Como Henri Thomas me olhará? Com indiferença, sem dúvida.

Maiô de uma só peça, tomo Erwan como escudo, fico de pé atrás dele quando Henri Thomas caminha na minha direção, entregando-me o contrato antes que se esqueça.

Embaixo d'água, eu desapareço.

Os homens que fumam, parlamentam, bebem.

Erwan salta do trampolim, dá cambalhotas, recomeça, quer ir até a praia, eu não deixo, ele fica com raiva, não sei porquê.

Ele se entedia.

Um hotel sem hóspedes e nós que jogamos a comédia do amor e agora a da amizade. Henri segura Brahim pelos ombros, falam sobre o futuro do país, os religiosos, o governo, Henri não está preocupado, a Argélia é uma grande nação, seu povo não se submete.

As bolhas da Fanta laranja explodem na minha boca.

A pele curtida de Henri.

O grande viajante.

O marido sem mulher nem filho com ele.

O calção de banho curto, os tufos de pelos, o corpo bem definido, apesar da barriga um pouco proeminente sob a qual se advinha os abdominais.

Os ombros construídos na juventude.

O homem que ama a vida, as coisas da vida. O celibatário temporário.

Henri Thomas ama a beleza de um país, de suas mulheres, ignorando a minha, a intocável Madame Akli.

O céu amarelo, uma tempestade se arma, ela cairá durante a noite. O dia acaba. A água da piscina por detrás dos meus óculos de sol, ela é escura, crocodilos, serpentes, piranhas nos esperam no fundo.

A violência dos meus pensamentos é igual à violência do meu desconforto.

Erwan: " Ontem eu disse para Bruce que nós estaríamos aqui, ela vai vir com sua mãe, vamos nos divertir na piscina".

Segunda traição após a da enseada. E se meu filho estivesse se vingando, por premonição, por eu tê-lo separado de Bruce em sua turma da escola? Sorrio para ele, digo-lhe que fez muito bem em ter convidado sua amiga.

Henri e Catherine. Retiro a imagem de Brahim, ele não faz parte dos personagens.

Ela já chega em traje de banho. Seu biquíni da enseada, uma saída vermelha em volta do corpo, o colar de coral caindo sobre os seios, pedras protetoras de sua graça. Ela caminha, os pés descalços sobre os azulejos, enrola-se em mim, tarântula, beijando-me só de um lado. "Te encontrei", ela deve ter se dito.

Bruce se joga na piscina de camiseta, ela devia ter se trocado, seu peito mal se desenha, mas o suficiente para se fazer notar ou para que ela fique embaraçada. Erwan junta-se a ela, os amigos, os inseparáveis.

Catherine é apresentada a Henri Thomas. Ele sorri. A obviedade dos homens. Ela não se demora, não se detém, cumprimenta Brahim, feliz por encontrá-lo. Ele vai buscar um copo para ela, uma espreguiçadeira, o homem cão.

Amar não pôde vir, tem de terminar um trabalho, ele quer nos ver de novo, um piquenique na praia nos próximos dias lhe agradaria muito. Ele sentiu minha falta. Não acredito.

Senti falta da beleza dela.

Ela fala sobre a vida quando eu conto o fim dos dias.

Ela fala sobre a loucura quando eu dissimulo a minha.

Brahim se aproxima de mim, marca uma distância. Catherine não lhe agrada e, mesmo se lhe agradasse ele se consagra à sua esposa, a seu filho, à sua casa. Henri mergulha, Catherine não o olha. Ela olha para nosso casal com um ar estranho; desprezo ou curiosidade, ela que não sabe ficar junto de Amar, buscando talvez em nós a resposta à sua questão: pode-se passar a vida com a mesma pessoa?

Elas chegaram tarde de propósito, logo irão embora, ela queria apenas se mostrar, que Henri Thomas saiba da sua existência, desaparecendo para que ele venha a caçá-la na cidade, nos arredores de Hydra, sob os pilotis do prédio dos assassinos.

Minha paranoia e minha poesia, as flores nos observam.

Catherine não se molha. Sentada no trampolim, as pernas no vazio, os cabelos nas costas, estende o rosto para o céu que a julga. Eu tiro uma foto dela, um halo azul envolve sua silhueta na contraluz.

Sou autorizada a deixar o carro no estacionamento do liceu. Venho trazer meu contrato a Madame Kuster. Escola de eucaliptos e mimosas. A floresta mudou, seca, densa, as quadras de esporte que ficam abaixo estão desertas e sem gritos, o liceu se esvaziou da maioria dos seus alunos, deixando os futuros diplomados a fazer seus exames.

Sozinha, subindo para a sala da diretora, volto a ser a jovem dos anos 1950 que acreditava na aventura e no viajante do deserto.

Aqui o ar da França, inconsciente, trazido pelos professores colaboradores que partirão após sua missão para um novo continente, incapazes de se fixar, de voltar ao país, à metrópole.

A entrevista é rápida. Madame Kuster está com pressa, passa os olhos no meu contrato, assina-o, coloca-o em um arquivo que tem meu nome e sobrenome.

Antes de eu sair, ela deixa claro ter feito o necessário em relação a meu filho e Amina Bousba. Deixo-a assim, não quero mais revê-la.

Minhas noites de vergonha e arrependimento.

Meus cadernos da vergonha.

Nenhum vinho pode enterrar, nenhuma palavra pode reparar.

Catherine me telefona todos os dias, espera-me na frente da escola, convida-me para o Edifício Shell, o parque é mais fresco que o meu jardim. Não sei o que ela espera de mim.

O tédio das mulheres expatriadas.

O sofá, café, um licor de pera às vezes, não quero beber com ela, o álcool reverteria minha força, traria de volta o meu desejo de sua pele.

No parque, caminhamos com as crianças, o silêncio é superior às nossas palavras, não temos mais nada a dizer e eu tenho o meu segredo, a história de Bruce e Erwan se acaba, se sou honesta, deveria confessar que ela se acaba com a história das suas mães.

O cheiro do seu perfume, o do primeiro dia na enseada quando ela era Catherine Bousba e me salvou da minha doença da melancolia. Ninguém me salvará, nem mesmo meu filho. Eu me refugiei em alguma coisa que me ultrapassa e que vem de mim. Eu sou o meu Alien.

Se ela fizesse menção de querer me beijar, eu recusaria seu beijo. Ela não sente esse desejo, imaginá-lo ainda me dá prazer, mas não sonho com nós duas, aceito seus convites, na volta às aulas eles não existirão mais.

Conhecer o apagamento antes dos outros. Erwan é mais ligado a Bruce do que eu imaginava. Ficará decepcionado. Ela era sua árvore, recuso-me que ele seja sua flor. Meu filho é mais forte que um junco, mais ancorado que os barcos à deriva, mais eterno que as magnólias. Minha pele se prolonga nele, ele me fará viver o que não vivi.

Às vezes, Amar se junta a nós, conta sobre suas viagens, pois não viaja mais. Catherine terá imposto suas condições. Ele fala da ilha de Páscoa e das estátuas misteriosas, das máscaras de Benim, das mulheres curandeiras das Filipinas, dos cobres do México, das rotas perdidas do Chile. Ele está sem oceano, sem horizonte, ligado a seus arquivos, à sua família, ao seu tédio. Catherine o deixará.

Talvez Catherine me veja por causa de Henri Thomas. Às vezes ela fala dele, felicita-me pela biblioteca, pelo novo trabalho, ela exagera e sabe que eu sei. Ela não se informa a respeito do francês, pronuncia seu nome uma ou duas vezes e se cala.

Eles se encontram nas minhas costas. Não tenho nenhuma prova disso. Eu escrevo para que isso exista.

Seu rosto, quando a deixo, não é mais sequer uma lembrança, esmagado pela noite de Argel sobre os degraus da escada do meu terraço, como o meu, não existe mais.

Aceito o convite de Catherine, de passar o dia na praia de Moretti por causa de Erwan. São seus últimos dias com Bruce, ele não sabe, mas eu sei.

A geladeira, repetição dos ovos cozidos e do frango, frutas e vinho fresco.

Os dias ensolarados são o renascimento do prazer fabricado, adulterado como as fantasias de meus amantes brutais.

A praia está suja, a água do mar faz mal, os recifes são afiados, a beleza da natureza é uma invenção.

Temos tantas ferramentas para organizar e vestir a brutalidade da realidade.

A praia é um remédio contra o tédio. O desejo desaparecido, nada aparece.

Brahim, sua mão para fora da janela do carro, entregue ao vento, à velocidade. Estamos no meu carro, eu ocupo o assento do passageiro, meu corpo sobre o corpo de Catherine, meu corpo sobre o corpo de Henri Thomas. Ele não foi convidado.

Moretti a 12 quilômetros da capital, praia dos burgueses de Argel e dos meninos bandidos que mergulham dos rochedos.

No rádio-cassete, *Rockcollection*. Cantamos a história da juventude feliz. Penso nos meninos que jogam futebol na rua, nos meninos da Argélia que não têm mais lágrimas de tanto verem o pai chorar. A revolta virá da tristeza do coração. Sem amor, sem esperança, não se vive a vida.

Moretti. O vento se levantou. Catherine encontrou abrigo no muro que separa a praia da estrada. Nossas barracas de praia formam uma cabana, Amar encontrou algumas pedras para calçá-las.

Bruce dançando nos tufões do vento, ela tornou-se Salomé, ela será sacrificada. Erwan junta-se a ela. Sua graça, nova, está no contratempo da de Bruce. Ele não sabe dançar nem se inserir na luz do sol. Suprimi Bruce para salvar meu filho mais frágil.

A Atlântida.

Olho o mar, ali repousam os seres que nós éramos. As ruínas romanas são nossas casas. Nossos corpos na praia são os gêmeos dos corpos submersos. De século em século recomeçamos a história de nossas derrotas, de nossos erros, sem nos arrepender.

O vinho.

As crianças nas ondas não se distanciam da margem.

Brahim e Amar, os homens argelinos.

Meu marido está de pé, o francês está ausente.

Em quem pensa Catherine, sentada na sombra, encolhida, irreconhecível?

O vinho.

Ela sorri para mim. Ela tem medo pelas crianças.

Eu me aproximo da beira, os vagalhões não são fortes. Erwan e Bruce, as gazelas africanas.

Amar não pode mais viajar. A milícia fez uma investigação a seu respeito. Ele é suspeito de espionagem.

O vento cobre nossas vozes, creio ouvir Catherine, mas não a ouço. Invento palavras doces, queixas, uma declaração para ela. Sei reparar meu coração. Bruce é parecida comigo. Ela se tornará o pássaro fora da sua gaiola.

Amar corre para o mar, mergulha sob a espuma, desaparece, desponta ao longe, ele é um bom nadador. Catherine não o observa, admira-o, seu homem é um homem de verdade.

O vinho.

Nossos filhos têm frio, eles rolam na areia, cavalgam um no outro como o verão cavalgou a primavera.

No meu jardim, as plantas são invadidas pelas raízes que deixam a terra, subindo nos troncos das árvores, buscando a luz. Acredito no fim do nosso mundo.

Amar quer deixar o país, não tem medo por ele, mas por Bruce e Catherine. Ele se candidatou. Espera uma colocação no exterior.

Sem Catherine no Edifício Shell, meu jardim não existirá mais.

Bruce e Erwan lutam na areia, um estirado sobre o outro, eles imitam e reproduzem a fotografia do livro, o homem sobre a mulher, em preto e branco.

Amar acreditava em uma Argélia nova, será preciso tempo para construir um futuro, agrupar o povo, uni-lo àqueles que governam, será preciso um homem providencial, um milagre, o apoio do Ocidente, a terra perdida é uma terra que se renega, que se esquece, a França abandonou suas crianças mártires.

Morando perto da embaixada da França, a família Bousba acreditava que poderia se salvar passando por debaixo do arame farpado. Nada os salvará. Os casamentos mistos são os casamentos dos traidores.

Bruce sozinha no mar, em seu colchão de borracha, remando para longe. O futuro lhe pertence. Ela terá a sua parte.

O vinho.

Catherine sente frio, não tira o vestido, não descalça os sapatos. Deveríamos ir embora, voltar. Nossa casa nos espera. Quero adormecer nos braços de Brahim e, se não gozarmos, quero sonhar com o nosso gozo.

Bruce sai da água, mas volta correndo: um homem está se afogando. Nós escutamos “Socorro, socorro!”.

Na beira d'água, um grupo de rapazes chamando, gritando, suplicando ao nadador para voltar. Eles não ousam enfrentar as ondas.

O inferno do mar.

As falésias inertes, a natureza nada pode para os humanos.

Amar corre, mergulha, um homem o segue, Brahim continua sentado. Acende um cigarro.

Não distingo mais Amar. O mar é cruel. As vagas tomaram tudo.

Alinhados, Catherine, Bruce, Erwan e eu. Uma mulher, uma menina, amigos. O amor, provisório, surgindo do perigo.

Ao longe, três homens lutam contra o mar. Amar, o desconhecido que o seguiu, o afogado. Quem voltará?

Pela primeira vez, tomo Catherine, Bruce em meus braços. O vento, a areia, nossas peles feridas. Por sua vez, Erwan me aperta. "Com o que devemos nos consolar, meu filho?" Eu me calo.

Eles voltam. O grupo de rapazes retira o corpo do afogado da água, em seus ombros, em suas mãos, depositam-no na areia. Amar e o desconhecido juntam-se a eles.

Formamos um círculo, como as pedras que cercam o túmulo da cristã de Chenoua. O homem é jovem. Os rapazes recitam preces. Bruce fica fora do círculo, um passo à frente. Segura a mão do pai. Um filete de espuma escorre da boca do morto.

Os rapazes o levam para a estrada correndo.

Amar diz: "Nós tentamos, era tarde demais."

Voltamos atordoados para onde estávamos, sob as barracas de praia. Catherine esfrega a pele de Amar com uma toalha.

Brahim diz: "Um árabe a menos." O silêncio da vergonha.

Não entendo.

Erwan olha para mim, olho para baixo. Não entendo.

Os Bousba vestem-se, recolhem seus pertences. Vão embora.

Eles nos deixam.

O jardim está abandonado, podridão das flores queimadas, murchas, deixo o sol governar. Ele comanda em meu lugar.

Escrevo pouco. Nenhuma verdade existe agora. O que eu poderia dizer, consertar?

Catherine não me telefona desde o dia de Moretti. Bruce não vem mais à nossa casa. Ela ainda é próxima a Erwan na escola, mas acho que não é mais como antes. Ou então é impressão minha. As crianças não possuem nossa memória. O passado vira passado muito rapidamente.

O vinho à noite, Brahim perto de mim. Não entendo.

Não conseguimos conversar sobre o dia em Moretti. "Um árabe a menos". O ódio de si que se espalha sobre os outros como o muco do escarro.

Os rapazes da praia uns contra os outros, suas pernas finas, seus braços caídos, suas barrigas ocas, pássaros olhando um pássaro.

Odeio Brahim.

Eu me odeio por ainda amá-lo, às vezes, por piedade. Fissuras nos degraus da escada, gostaria de ali enterrar minha tristeza e o fim da minha estima, eu desprezo Brahim.

Não posso mais ficar, não posso partir.

Todos os rapazes de Argel trazem os traços do rosto do afogado.

O corpo no lençol da cerimônia muçulmana.

A mãe deste filho.

Não entendo Brahim.

Toda noite meu marido se vira de lado, levanta as pernas, aperta seus joelhos dobrados com as mãos e chora no ventre de sua mãe.

A festa da escola. Eu compareço para agradar Erwan. Eu havia prometido.

O verão se instalou e eu sinto frio. Erwan usa uma camisa branca, uma calça bege, está parecido com o pai. nas roupas, no modo de andar; ele não será ele.

Meu vestido estampado, meus sapatos vermelhos, não quero fazer vergonha a meu filho, faço um esforço.

Diante da grande escadaria da sua escola, as crianças, os pais se apressam; nós ficamos um tempo no carro, Erwan é tímido como eu, eu entendo.

Esperamos.

Batom, perfume, ajeito os cabelos. Erwan também está pronto. Subimos os degraus da escada da sua escola, esta será a última vez.

Mesas formam um bufê, como o de Catherine na noite do *méchoui*[22]. Bolos, guloseimas, os doces das crianças.

Guirlandas foram penduradas em cada extremidade do pátio e na rampa que leva às salas de aula das turmas mais adiantadas, das quais a última é a de Erwan.

Os professores, o diretor, cumprimentamo-nos.

No interior, o refeitório foi transformado em salão de baile, lembranças dos casamentos, das comunhões na Bretanha, de mulheres que dançavam umas com as outras na falta de par.

Um segundo bufê, *burek*[23], *tchutchuca*[24], chifres de gazela, vinho, uma jarra de sangria.

As crianças correm, gritam, divertem-se.

A escola se transformou em um outro lugar.

O céu noturno é marcado por linhas escuras.

As nuvens passam sobre a lua, e quando a ultrapassam, ela parece mais clara, raspada, polida, sem crateras nem nervuras.

Os raios.

Erwan se aproxima de um grupo de crianças. Eu não conheço ninguém, a não ser alguns professores, o diretor.

Bruce.

Ela se precipita sobre Erwan. Beijam-se, depois se afastam, dois irmãos.

Bruce veste uma blusa azul de mangas curtas, o decote é trançado

[22] *Méchoui* é a ovelha, ou cordeiro, assada inteira no espeto, prato muito popular no norte da África. Geralmente é servida no início da refeição. (N. do T.)

[23] *Burek* é um pastel de massa folhada, recheado com queijo, batata, carne, maçã, praticamente com tudo. (N. do T.)

[24] *Tchutchuca* é um prato típico do Marrocos e da Argélia e consiste numa combinação de cebolas, tomates, pimentões e pimentas, temperada com azeite, sal, páprica e alho, à qual pode ser adicionada quatro ovos. É servida com pão crocante, pita e arroz. (N. do T.)

e um cordão passa por cada trança. Seus cabelos estão encharcados. Ela vem ter comigo, minha mão na sua testa, ela está ardendo, a pele um pouco avermelhada.

Bruce e sua loucura; a loucura das outras crianças agora.

Um sistema de som hi-fi, foram instalados alto-falantes. A música é alta, não escuto Bruce quando lhe pergunto se ela tinha vindo com Catherine.

Erwan pula na pista, ele não sabe dançar.

O cheiro das crianças, o cheiro da escola, do papel, da borracha, do lápis. Meu filho não é mais um menininho. Atravesso seu espaço como se atravessasse sua infância.

Não sobra nada, a não ser alguns desenhos, fotografias, o tempo, este rolo compressor, arranca-me de Erwan. Meu filho já está no futuro e eu não vou lá há muito tempo.

Procuro Catherine, não nos vemos desde o dia na praia de Moretti.

Alguém me estende um copo de sangria; as frutas e o álcool, a explosão. Não quero beber, não na frente de Erwan, não aqui.

Prefiro o vinho.

As crianças, os pais lotam a pista, Bruce e Erwan se agarram, treinam, caem, levantam-se, jovens filhotes que eu separei. Não lamento mais. O silêncio de Catherine por causa de Brahim me machuca.

"Um árabe a menos", seu ódio está agora à altura de sua vergonha, e estava à altura da sua vergonha na praia; não sabendo nadar, ele se sentiu inútil, ridículo, enquanto Amar virava um herói.

Meu marido jamais quis aprender a nadar. Lembro-me de tê-lo levado até a água, leve, subitamente feminino e com vergonha disso.

A honra dos homens.

Um segundo copo de sangria. O gosto das frutas passadas, do açúcar de má qualidade, do álcool de má qualidade. Procuro Catherine.

Bruce e Erwan pendurados no portal do pátio. Bruce se salvando, deixando meu filho sozinho, agarrado à barra, não ousando se jogar no vazio. Não intervenho. São seus últimos jogos, seus últimos combates; depois das férias de verão, eles estarão separados.

Um terceiro copo de sangria, procuro Catherine.

Os homens e as mulheres em traje de noite para a festa da escola, o tédio de Argel, a falta de distração.

Henri Thomas. Ele se encaminha na minha direção, pergunta-me se Brahim está comigo; não, respondo que ele estava cansado. O que não é verdade.

Os pelos claros sob sua camisa branca; veste uma jaqueta bege, calça jeans, sapatos de couro; ele não é elegante, ele é sensual. Veio sozinho, conhece o diretor, matriculou suas filhas pequenas na escola para o próximo ano letivo. Ele gosta desta árvore no meio do pátio, da poesia no cimento. Eu saio.

Na minha cabeça, o barulho do Edifício Shell, os pilotis que avançam como as pernas gigantes de um extraterrestre descendo de Hydra na nossa direção.

Bruce joga água nas crianças das pias externas, consegue se equilibrar, bebe na torneira, uma mulher discute com ela. Catherine.

Ela está usando um vestido preto transparente, sapatos baixos. Seus cabelos são uma peça de vestuário. Ela é fria comigo. O dia de Moretti com toda certeza. Tenho vontade de beijá-la, aproximo-me. Ela recua, evita-me.

A pista de dança. Erwan está em cima de Bruce, eles jogam o jogo do cavalo louco.

Henri Thomas e Catherine Bousba estão juntos. Ficam perto um do outro. Amar está fora, uma última viagem antes de tomar uma decisão em relação ao trabalho. Os dois me sorriem de longe, olham na minha direção sem me ver. Imagino um buraco escancarado no lugar do meu corpo.

A música.

I CAN'T GET NO SATISFACTION.

Quando Brahim me fazia dançar, nós girávamos em torno do sol.

Sua barba era macia, seu ventre duro.

Eu me agarrava ao peito de Brahim, uma criança perdida que ele protegia.

Nós tínhamos nos encontrado, perdemo-nos.

Não acredito no amor, acredito na lembrança do amor.

A Argélia, nosso Eldorado estrelado.

I CAN'T GET NO SATISFACTION.

Danço sozinha, não há mais ninguém perto de mim. Saio, sinto calor, a noite e seu céu riscado. Subo a escada que leva à sala de aula de Erwan.

Quero ver uma última vez a carteira, a cadeira, os desenhos de meu filho na parede, o cabide onde ele pendurava suas coisas, a mesa onde ele ficava.

Grinaldas piscando. A lua. Abaixo, a cidade e os cargueiros que se preparam para partir. A noite é clara.

Atrás do vidro da sala de aula, vejo Catherine e Henri. Ela está contra a parede, as coxas abertas, as pernas enganchadas nos quadris do francês.

O dia não existirá mais. Não haverá mais dia.

Desço. Bruce procura sua mãe. Acha que está com febre. Tem medo, não se sente bem.

"Ela está lá em cima".

Do pátio, vejo Bruce subir a escada, caminhar pelo corredor até a sua sala, vejo-a abrir a porta e avançar para a cena.

Este livro foi composto nas fontes
Source Serif [texto], Mouron e Rousseau Deco [títulos],
impresso pela gráfica Viena em papel Pólen Natural 80g
e diagramado pela BR75 texto | design | produção.
São Paulo, 2022.